小学语文同步阅读

腊八粥

沈从文◎著

长江出版传媒 长江文艺出版社

长江乐读 陪你乐读文学经典

好听

有声书 用声音诠释经典，闭上眼睛听好书。

好书领读 多视角解读，挖掘图书背后不为人知的故事。

好学

写作素材 精选好词好句、时事案例、环球见闻等，帮你提升写作能力。

好看

电子书 手机阅读更方便，更有风格多样的插画版电子书不定期更新。

推荐书单 看完一本不过瘾？推荐更多同类好书，根据你的喜好定制书单。

好玩

乐读论坛 精美日签、话题讨论、阅读活动等，跟乐读伙伴一起开启读书新方式。

每日打卡 养成阅读打卡习惯，完成任务还可享受购书优惠，读得越多，省得越多。

简单三步，马上乐读！

● 第一步：微信扫描右侧二维码，进入"长江乐读"小程序

● 第二步：搜索你感兴趣的图书

● 第三步：打卡签到，听有声书、看电子书，领取作文素材包

目 录

自 传

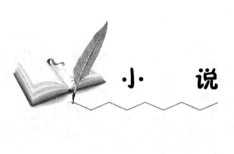

小　　说

腊八粥

初学喊爸爸的小孩子，会出门叫洋车了的大孩子，嘴巴上长了许多白胡胡的老孩子，提到腊八粥，谁不是嘴里就立时生一种甜甜的腻腻的感觉呢。

把小米，饭豆，枣，栗，白糖，花生仁儿合并拢来，糊糊涂涂煮成一锅，让它在锅中叹气似的沸腾着，单看它那叹气样，闻闻那种香味，就够咽三口以上的唾沫了，何况是，大碗大碗地装着，大匙大匙朝口里塞灌呢！

住方家大院的八儿，今天喜得快要发疯了。一个人进进出出灶房，看到那一大锅正在叹气的粥，碗盏都已预备整齐，摆到灶边好久了，但他妈妈总是说时候还早。

他妈妈正拿起一把锅铲在粥里搅和。锅里的粥也像是益发浓稠了。

"妈，妈，要到什么时候才……"

"要到夜里！"其实他妈所说的夜里，并不是上灯以后。但八儿听了这种松劲的话，眼睛可急红了。锅子中，有声无力的叹气正还在继续。

"那我饿了！"八儿要哭的样子。

"饿了，也得到太阳落下时才准吃。"

饿了，也得到太阳落下时才准吃。你们想，妈妈的命令，看羊还不够资格的八儿，难道还能设什么法来反抗吗？并且八儿所说的饿，也不可靠，不过因为一进灶房，就听到那锅子中叹气又像是正在嘟囔的东西，因好奇而急于想尝尝这奇怪东西罢了。

"妈，妈，等一下我要吃三碗！我们只准大哥吃一碗。大哥同爹都吃不得甜的，我们俩光吃甜的也行……妈，妈，你吃三碗我也吃三碗，大哥同爹只准各吃一碗；一共八碗，是吗？"

"是呀！孥孥说得对。"

"要不然我吃三碗半，你就吃两碗半……"

"噗……"锅内又叹了声气。八儿回过头来了。

比灶矮了许多的八儿，回过头来的结果，也不过是看到一股淡淡烟气往上一冲而已！

锅中的一切，对八儿来说，只能猜想……栗子会已稀烂到认不清楚了吧，赤饭豆会煮得浑身肿胀了吧，花生仁儿吃来总已是面面的了！枣子必大了三四倍——要是真的干红枣也有那么大，那就妙极了！糖若放多了，它会起锅巴……"妈，妈，你抱我起来看看吧！"于是妈就如八儿所求的把他抱了起来。

"呃……"他惊异得喊起来了，锅中的一切已进了他的眼中。

这不能不说是奇怪呀，栗子跌进锅里，不久就得粉碎，那是他知道的。他曾见过跌进到黄焖鸡锅子里的一群栗子，不久就融掉了。饭豆煮得肿胀，那也是往常熬粥时常见的事。

花生仁儿脱了他的红外套，这是不消说的事。锅巴，正是围了锅边成一圈。总之，一切都成了如他所猜的样子了，但他却没想到今日粥的颜色是深褐。

"怎么，黑的！"八儿同时想起了染缸里的脏水。

"枣子同赤豆搁多了。"妈的解释的结果，是捡了一枚大得特别吓人的赤枣给了八儿。

虽说是枣子同饭豆搁得多了一点，但大家都承认味道是比普通的粥要好吃得多了。

晚饭桌边，靠着他妈斜立着的八儿，肚子已成了一面小鼓了。如在热天，总免不了又要为他妈妈的手掌麻烦一番罢。在他身边桌上那两只筷子，很浪漫地摆成一个十字。桌上那大青花碗中的半碗陈腊肉，八儿的爹同妈也都奈何它不来了。

"妈，妈，你喊哈叭出去了罢！讨厌死了，尽到别人脚下钻！"

若不是八儿脚下弃的腊肉皮骨格外多，哈叭也不会单同他来那么亲热罢。

"哈叭，我八儿要你出去，快滚吧……"接着是一块大骨头掷到地上，哈叭总算知事，衔着骨头到外面啃嚼去了。

"再不知趣，就赏它几脚！"八儿的爹，看那只哈叭摇着尾巴很规矩地出去后，对着八儿笑笑地说。

其实，"赏它几脚"的话，倘若真要八儿来执行，还不是空的？凭你八儿再用力重踢它几脚，让你八儿狠狠地用出吃奶力气，顽皮的哈叭，它不还是依然伏在桌下嚼它所愿嚼的东西吗？

因为"赏它几脚"的话，又使八儿的妈记起了许多他爹平素袒护狗的事。

"赏它几脚，你看到它欺负八儿，哪一次又舍得踢它？八宝精似的，养得它恣剌得怪不逗人欢喜，一吃饭就来桌子下头钻，赶出去还得丢一块骨头，其实都是你惯死了它！"

这显然是对八儿的爹有点揶揄了。

"真的，妈，它还抢过我的鸭子脑壳呢。"其实这也只能怪八儿那一次自己手松。然而八儿偏把这话来帮助他妈说哈叭的坏话。

"那我明天就把哈叭带到场上去，不再让它同你玩。"果真八儿的爹的宣言是真，那以后八儿就未免寂寞了。

然而八儿知道爹是不会把狗带到场上去的，故毫不气馁。

"让他带去，我宝宝一个人不会玩，难道必定要一个狗来陪吗？"以下的话风又转到了爹的身上，"牵了去也免得天天同八儿争东西吃！"

"你只恨哈叭，哈叭哪里及得到梁家的小黄呢？"

"要是小黄在我家里，我早就喊人来打死卖到汤锅铺子去了。"八儿的妈说来脸已红红的！

小黄是怎么一个样子，乃值得八儿的爹提出来同哈叭相较呢？那是上隔壁梁家一只守门狗，有的是见人就咬的一张狼口。梁家因了这只狗，许多熟人都不敢上门了。但八儿的妈，时常过梁家时，那狗却像很客气似的，低低吠两声就走了开去。八儿的妈，以为这已是互相认识的一种表示了，所以总不大如别人样对这狗防备。上月子，为八儿做满八岁的生日，八儿的妈上梁家去借碓舂粑粑，进门后，小黄突然一变往日态度，毫不认账似的，扑拢来大腿腱子肉上咬了一口就走了。这也只能怪她自己，头上顶了那个平素小黄不曾见她顶过的竹簸。落后是梁四屋里人为敷上了止血药，又为把米粉舂好了事。转身时，八儿的妈就一一为他爹说了，还说那畜生连天天见面的人也认不清，真的该拿来打死起！因此一来，八儿的爹就找出一句为自己心爱这只哈叭护短的话了。

譬如是哈叭顽皮到使八儿的妈生气时，八儿的爹就把"比梁家小黄就不如了！""那你喜欢小黄罢？""我这哈叭可惜不会咬人！"一类足以证明这只哈叭虽顽皮实天真驯善的话来解围，自然这一类解围的话中，还夹着点逗自己奶奶开心的意味。

本来那一次小黄给她的惊吓比痛苦还多，请想，两只手正扶着一个大簸簸，而那畜生闪不知扑拢来就在你腱子肉上啃一下，怎不使人气愤？要是八儿家哈叭竟顽皮到同小黄一样，恐怕八儿的爹，不再要奶奶提议，也早做成打狗的杨大爷一笔生意了。

八儿不着意地把头转到门帘子脚边去，两个白花耳朵同一双大眼睛又在门帘下脚掀开处出现了。哈叭像是心里怯怯的，只把一个头伸进房来看里面的风色，又像不好意思似的（尾巴也在摇摆）。

"混账……"很懂事样子经过八儿一声吆喝，哈叭那个大头就不见了。

然而八儿知道哈叭这时还在门帘外边徘徊。

往　事

这事说来又是十多年了。

算来我是六岁。因为第二次我见到长子四叔时，他那条有趣的辫子就不见了。

那是夏天秋天之间。我仿佛还没有上过学。妈因怕我到外面同瑞龙他们玩时又打架，或是乱吃东西，每天都要靠到她身边坐着，除了吃晚饭后洗完澡同大哥各人拿五个小钱到道门口去买士元的凉粉外，剩下便都不准出去了！至于为甚又能吃凉粉？那大概是妈知道士元凉粉是玫瑰糖，不至吃后生病吧。本来那时的时疫也真凶，听瑞龙妈说，杨老六一家四口人，从十五得病，不到三天便都死了！

我们是在堂屋背后那小天井内席子上坐着的。妈为我从一个小黑洋铁箱子内取出一束一束方块儿字来念，她便膝头上搁着一个麻篮绩麻。弄子里跑来的风又凉又软，很易引人瞌睡，当我倒在席子上时，妈总每每停了她的工作，为我拿蒲扇来赶那些专爱停留在人脸上的饭蚊子。间或有个时候妈也会睡觉，必到大哥从学校夹着书包回来嚷肚子饿时才醒，那么，夜饭必定便又要晚一点了！

爹好像到乡下江家坪老屋去了好久了，有天忽然要四叔来接我们。接的意思四叔也不大清楚，大概也就是闻到城里时疫的事情吧。妈也不说什么，她知道大姐二姐都在乡里，我自然有她们料理。只嘱咐了四叔不准大哥到乡下溪里去洗澡。

因大哥前几天回来略晚，妈摩他小辫子还湿漉漉的，知他必是同几个同学到大河里洗过澡了，还重重地打了他一顿呢。四叔是一个长子，人又不大肥，但很精壮。妈常说这是会走路的人。铜仁到我凤凰是一百二十里蛮路，他能扛六十斤担子一早动身，不抹黑就到了，这怎么不算狠！他到了家时，便忙自去厨房烧水洗脚。那夜我们吃的夜饭菜是南瓜炒牛肉。

妈捡菜劝他时，他又选出无辣子的牛肉放到我碗里。真是好四叔呵！

那时人真小，我同大哥还是各人坐在一只箩筐里为四叔担去的！大哥虽大我五六岁，但在四叔肩上似乎并不什么不匀称。乡下隔城有四十多里，妈怕太阳把我们晒出病来，所以我们天刚一发白就动身，到行有一半的唐峒山时，太阳还才红红的。到了山顶，四叔把我们抱出来各人放了一泡尿，我们便都坐在一株大刺栎树下歇憩。那树的杈丫上搁了无数小石头，树左边又有一个石头堆成的小屋子。四叔为我们解说，小屋子是山神土地，为赶山打野猪人设的；树上石头是寄倦的：凡是走长路的人，只要放一个石头到树上，便不倦了。但大哥问他为甚不也放一个石子时，他却不作声。

他那条辫子细而长正同他身子一样。本来是挽放头上后再加上草帽的，不知是那辫子长了呢还是他太随意，总是动不动又掉下来，当我是在他背后那头时，辫子梢梢便时时在我头上晃。

"芸儿，莫闹！扯着我不好走！"

我伸出手扯着他辫子只是拽，他总是和和气气这样说。

"四满①，到了？"大哥很着急地这么问。

"快了，快了，快了！芸弟都不急，你怎么这样慌？你看我跑！"他略略把脚步放快一点，大哥便又嚷摇得头痛了。

他一路笑大哥不济。

到时，爹正同姨婆五叔四婶他们在院中土坪上各坐在一条小凳上说话。姨婆有两年不见我了，抱了我亲了又亲。爹又问我们饿了不曾，其实我们到路上吃甜酒、米豆腐已吃胀了。上灯时，方见大姐二姐大姑满姑②各人手上提了一捆地萝卜进来。

我夜里便同大姐等到姨婆房里睡。

乡里有趣多了！既不什么很热，夜里蚊子也很少。大姐到久一点，似乎各样事情都熟习，第二天一早便引我去羊栏边看睡着比猫还小的白羊，牛栏里正歪起颈项在吃奶的牛儿。

我们又到竹园中去看竹子。那时觉得竹子实在是一种很奇怪的东西。本来城里的竹子，通常大到屠桌边卖肉做钱筒的已算出奇了！但后园里那些南竹，大姐教我去试抱一下时，两手竟不能相掺。满姑又为偷偷地到园坎上摘了十多个桃子。接着我们便跑到大门外溪沟边上拾得一衣兜花蚌壳。

事事都感到新奇：譬如五叔喂的那十多只白鸭子，它们会一翅从塘坎上飞过溪沟。夜里四叔他们到溪里去照鱼时，却不用什

---

① 乡人呼叔叔为满满。
② 满姑乃最小之姑母。

么网，单拿个火把，拿把镰刀。姨婆喂有七八只野鸡，能飞上屋，也能上树，却不飞去；并且，只要你拿一捧包谷米在手，口中略略一逗，它们便争先恐后地到你身边来了。什么事情都有味。我们白天便跑到附近村子里去玩，晚上总是同坐在院中听姨婆学打野猪打獾子的故事。姨婆真好，我们上床时，她还每每为从大油坛里取出炒米、栗子同脆酥酥的豆子给我们吃！

后园坎上那桃子已透熟了，满姑一天总为我们去偷几次。

爹又不大出来，四叔五叔又从不说话，间或碰到姨婆见了时，也不过笑笑地说："小娥，你又忘记嚷肚子痛了！真不听讲——芸儿，莫听你满姑的话，吃多了要坏肚子！拿把我，不然晚上又吃不得鸡脯腿了！"

乡里去有场集的地方似乎并不很近，而小小村中除每五天逢一六赶场外通常都无肉卖。

因此，我们几乎天天吃鸡，唯我一人年小，鸡的大腿便时时归我。

我们最爱看又怕看的是溪南头那坝上小碾房的磨石同自动的水车，碾房是五叔在料理。

那圆圆的磨石，固定在一株木桩上只是转只是转。五叔像个卖灰的人，满身是糠皮，只是在旋转不息的磨石间拿扫把扫那跑出碾槽外的谷米。他似乎并不着一点忙，磨石走到他跟前时一跳又让过磨石了。我们为他着急又佩服他胆子大。水车也有味，是一些七长八短的竹篙子扎成的。它的用处就是在灌水到比溪身还高的田面。

大的有些比屋子还大，小的也还有一床晒簟大小。它们接接连连竖立在大路近旁，为溪沟里急水冲着快快地转动，有些还咿哩咿哩发出怪难听的喊声，由车旁竹筒中运水倒到悬空的枧①上去。它的怕人就是筒子里水间或溢出枧外时，那水便砰的倒到路上了，你稍不措意，衣服便打得透湿。我们远远地立着看行路人抱着头冲过去时那样子好笑。满姑虽只大我四岁，但看惯了，她却敢在下面走来走去。大姐同大姑，则知道那个车子溢出后便是那一个接脚，不消说是不怕水淋了！

只我同大哥二姐，却无论如何不敢去尝试。

---

① 剜木以引水之物。

玫瑰与九妹

大哥从学堂归来时，手上拿了一大束有刺的青绿树枝。

"妈，我从萧家讨得玫瑰花来了。"

大哥高兴的神气，像捡得"八宝精"似的。

"不知大哥到哪个地方找得这些刺条子来，却还来扯谎妈是玫瑰花，"九妹说，"妈，你莫要信他话！"

"你不信不要紧。到明年子四月间开出各种花时，我可不准你戴，……还有好吃的玫瑰糖。"大哥见九妹不相信，故意这样逗她。说到玫瑰花时，又把手上那一束青绿刺条子举了一举，——像大朵大朵的绯红玫瑰花已满缀在枝上，而立即就可以摘下来做玫瑰糖似的！

"谁稀罕你的，我顾自不会跑到三姨家去摘吗？妈，是罢？"

"是！我宝宝不有几多，会稀罕他的？"

妈虽说是顺到九妹的话，但这原是她要大哥到萧家讨的，是以又要我去帮大哥的忙："芸儿去帮大哥的忙，把那蓝花六角形钵子的鸡冠花拔出不要了，就用那四个钵子分栽。剩下的把插到花坛海棠边去。"

大哥在九妹脸上轻轻地刮了一下，就走到院中去了。娇纵的小九妹气得两脚乱跳，非要走出去报复一下不可。但给妈扯住了。

"乖崽，让他一次就是了！我们夜里煮鸽子蛋吃，莫分他……那你打妈一下好吧。"

"妈讨厌！专卫护大哥！他有理无理打了人家一个耳巴子，难道就算了？"

妈把九妹正在眼睛角边干擦的小手放到自己脸上拍了几下，九妹又笑了。

大哥这一刮，自然是为的报复九妹多嘴的仇。

满院坝散着红墨色土砂，有些细小的红色曲蟮四处乱爬着。几只小鸡在那里用脚乱扒，赶了去又复拢来。大哥卷起两只衣袖筒，拿了外祖母剪麻绳那把方头大剪刀，把玫瑰枝条一律剪成一尺多长短。又把剪处各粘上一片糯泥巴，说是免得走气。

"老二，这一些是三种（大哥用手指点），这是红的，这是水红，这是大红，那种是白的。是栽成各自一钵好呢，还是混合起栽好——你说？"

"打伙栽好玩点。开花时也必定更热闹有趣……大哥，怎么又不将那种黄色镶边的弄来呢？"

"那种难活，萧子敬说不容易插，到分株时答应分给我两钵……好，依你办，打伙儿栽好玩点。"

我们把钵子底各放了一片小瓦，才将新泥放下。大哥扶着枝条，待我把泥土堆到与钵口齐平时，大哥才敢松手，又用手筑实一下，洒了点水，然后放到花架子上去。

每钵的枝条均约有十根，花坛上，却只插了三根。

就中最关心花发育的自然要数大哥了。他时时去看视，间或又背到妈偷悄儿拔出钵中小的枝条来验看是否生了根须。

妈也能记到每日早上拿着那把白铁喷壶去洒水。当小小的翠绿叶片从枝条上嫩杈丫间长出时，大家都觉得极高兴。

"妈，妈，玫瑰有许多苞了！有个大点的尖尖上已红。往天我们总不去注意过它，还以为今年不会开花呢。"

六弟发狂似的高兴，跑到妈床边来说。九妹还刚睡醒，正搂着妈手臂说笑，听见了，忙要挣着起来，催妈帮她穿衣。

她连袜子也不及穿，披着那一头黄发，便同六弟站在那蓝花钵子边旁数花苞了。

"妈，第一个钵子有七个，第二个钵子有二十几个，第三个钵子有十七个，第四个钵子有三个；六哥说第四个是不大向阳，但它叶子却又分外多分外绿。花坛上六哥不准我爬上去，他说有十几个。"

当妈为九妹在窗下梳理头上那一脑壳黄头发时，九妹便把刚才同六弟所数的花苞数目告妈。

没有作声的妈，大概又想到去年秋天栽花的大哥身上去了。

当第一朵水红的玫瑰在第二个钵子上开放时，九妹记着妈的教训，连洗衣的张嫂进屋时见到刚要想用手去抚摩一下，也为她"嗨！不准抓呀！张嫂"忙制止着了。以后花越开越多，九妹同六弟两人每早上都各争先起床跑到花钵边去数夜来新开的花朵有多少。九妹还时常一人站立在花钵边对着那深红浅红的花朵微笑，像花也正觑着她微笑的样子。

花坛上大概是土多一点罢。虽只三四个枝条，开的花却不次于钵头中的。并且花也似乎更大一点。不久，接近檐下那一钵子也开得满身满体了。而新的苞还是继续从各枝条嫩芽中茁壮。

屋里似乎比往年热闹一点。

凡到我家来玩的人，都说这花各种颜色开在一个钵子内，真是错杂的好看。同大姐同学的一些女学生到我家来看花时，也都夸奖这花有趣。三姨并且说，比她花园里的开得茂盛得远。

妈因为爱惜，从不忍摘一朵下来给人，因此，谢落了的，不久便都各于它的蒂上长了一个小绿果子。妈又要我写信去告在长沙读书的大哥，信封里九妹附上了十多片谢落下的玫瑰花瓣。

那年的玫瑰糖呢，还是九妹到三姨家里摘了一大篮单瓣玫瑰做的。

夜　渔

这已是谷子上仓的时候了。

年成的丰收，把茂林家中似乎弄得格外热闹了一点。在一天夜饭桌上，坐着他四叔两口子，五叔两口子，姨婆，碧霞姑妈同小娥姑妈，以及他爹爹；他在姨婆与五婶之间坐着，穿着件紫色纺绸汗衫。中年妇人的姨婆，时时停了她的筷子为他扇背。茂儿小小的圆背膊已有了两团湿痕。

桌子上有一大钵鸡肉，一碗满是辣子拌着的牛肉，一碗南瓜，一碗酸粉辣子，一小碟酱油辣子；五叔正夹了一只鸡翅膀放到碟子里去。

"茂儿，今夜敢同我去守碾房罢？"

"去，去，我不怕！我敢！"

他不待爹的许可就忙答应了。

爹刚放下碗，口里含着那枝"京八寸"小潮丝烟管，呼的喷了一口烟气，不说什么。那烟气成一个小圈，往上面消失了。

他知道碾子上的床是在碾房楼上的，在近床边还有一个小小窗口。从窗口边可以见到村子里大院坝中那株夭矫矗立的大松树尖端，又可以见到田家寨那座灰色石碉楼。看牛的小张，原是住在碾房；会做打笼装套捕捉偷鸡的黄鼠狼，又曾用大茶树为他削成过一个两头尖的线子陀螺。他刚才又还听到五叔说溪沟里有人放堰，碾坝上夜夜有鱼上罶了……所以提到碾房时，茂儿便非常高兴。

当五叔同他说到去守碾房时，他身子似乎早已在那飞转的磨石边站着了。

"五叔，那要什么时候才去呢？……我不要这个。……吃了饭就去吧？"

他靠着桌边站着，低着头，一面把两只黑色筷子在那画有四个囍字的小红花碗里"要扬不紧"地扒饭进口里去。左手边中年妇人的姨婆，拣了一个鸡肚子朝到他碗里一掼。

"茂儿，这个好呢。"

"我不要。那是碧霞姑妈洗的，……不干净，还有——糠皮儿……"他说到糠字时，看了他爹一眼。

"你也是吃饱了！糠皮儿在哪里？……不要，就送给我吧。"

"真的，不要就送把你姑妈。我帮你泡汤吃。"五婶说。

茂儿把鸡肚子一扔丢到碧霞碗里去。他五婶却从他手里抢过碗去倒了大半碗鸡汤。但到后依然还是他姨婆为他把剩下的半碗饭吃完。

天上的彩霞，做出各样惊人的变化。满天通黄，像一块奇大无比的金黄锦缎；倏而又变成淡淡的银红色，稀薄到像一层蒙新娘子粉脸的面纱；倏而又成了许多碎锦似的杂色小片，随着淡宕的微风向天尽头跑去。

他们照往日样，各据着一条矮板凳，坐在院坝中说笑。

茂儿搬过自己那张小小竹椅子，紧紧地傍着五叔身边坐下。

“茂儿，来！让我帮你摸一下肚子——不然，半夜会又要嚷肚子痛。”

“不，我不胀！姨婆。”

“你看你那样子。……不好好推一下，会伤食。”

“不得。（他又轻轻地挨五叔）五叔，我们去吧！不然夜了。”

“小孩子怎不听话？”

姨婆那副和气样子养成了他顽皮娇恣的性习，不管姨婆如何说法，他总不愿离开五叔身边。到后还是五叔用“你不听姨婆话就不同你往碾房……”为条件，他才忙跑到姨婆身边去。

“您要快一点！”

“噢！这才是乖崽！”姨婆看着茂儿胀得圆圆的像一面小鼓的肚子，用大指蘸着唾沫；在他肚皮上一推一赶，口里轻轻哼着：“推食赶食……你自己瞧看，肚子胀到什么样子了，还说不要紧！……今夜吃太多了。推食赶食……莫挣！慌什么，再推几下就好了。……推食赶食……”

院坝中坐着的人面目渐渐模糊，天空由曙光般淡白而进于黑暗……只日影没处剩下一撮深紫了。一切皆渐次消失在夜的帷幕下。

在四围如雨的虫声中，谈话的声音已抑下了许多了。

凉气逼人，微风拂面，这足证明残暑已退，秋已将来到人间了。茂儿同他五叔，慢慢地在一带长蛇般黄土田塍上走着。在那远山脚边，黄昏的紫雾迷漫着，似乎雾的本身在流动又似乎将一切流动。天空的月还很小，敌不过它身前后左右的大星星光明。

槐化镇

近来人常会把一切不相关的事联想起来，大概是心情太闲散了。

白天正独自个，看到新买来的一个绿花瓶，想到插瓶中顶适宜的是洋槐。洋槐没有开，紫藤先到瓶中了。又似乎不能把洋槐白色成穗的花忘却。因槐花想到槐化镇，到夜里，且梦到在一个大铁炉子边折得一大束槐花，醒来了，嗅到紫藤的淡淡香气，还疑是那铁炉子边折来的成穗白色的洋槐花！

槐化镇，我住过一年半。还是七八年前的事，近来那地方不知怎样了。那地方给我的印象，有顶好的也有顶坏的，我都把它保存下来。然而这也是不得已，我是但愿能记得到那一部分好点的。关于炉子，还有离炉子不远的一个泉水，是属于可爱一类的，所以梦中还是离不开。

槐化是个什么地方？我不说。这地方是有的，不过很远很远罢了。这地方，虽然在地图上，指示你们一个小点，但实际上，是在你们北方人思想以外的。也正因其为远到许多北方人（还不止北方人）思想以外，所以我才说远！若实在说，果真有那类傻人，想要到那里去看看那铁炉子，证实我的话，从南边湘西一个小商埠上去，花二十天的步行，就可以达到那个地方了。地方并不大，只是一条大正街。街说是大，乃比起镇上小弄子而言，能够容两顶轿子并排行走，虽不大，在南方小市镇算来也不为小了。

我最爱到离住处不很远的一个小土丘去玩。名字忘了。那里有个洞，我就叫它为风洞罢。风洞位置在小土丘腰上，这就很奇怪，土丘的确像是人工堆成的大馒头样子。但风洞又似乎全是天生石块。风洞大致是与另一山洞相通，是以常常有风从洞中吹出，到热天时，则风极冷。镇上的人，信风是由洞神口中吹出，当之者则发烧头痛，且以致死，所以从不见一镇上小孩到洞边玩耍。虽常听说镇上许多少男少女天死的都为此洞神所取，因了爱玩，我居然敢反抗迷信。本来风洞也太好了。我所到过的地方，使我过去了许多年还留恋的，风洞居其一。许多石头，在土丘四围，颓然欲堕，但又并不崩落，很自然地为另一大石扶着，或压住一角，与土丘成宾主。土丘居中，顶上极其平顺，全是细细的黄土，到了八月，黄土上开遍了野蒿菊，像星子，又像绣花的毯子。若是会画，我早把它画下来了。

还有一个地方，就是田坪中那个方井泉。泉在田坪中，似乎把幽雅境致失去了。但泉的四围，十多株柳树，为前人种下来，把田坪四围的阔朗收缩了许多。且坐在泉边看女人洗菜，白菜萝卜根叶浮满了泉尾的溪面上，泉水又清到那样，许多女人都把来当镜子照到理发，也有趣。水流出井外时，则成了一条狭长小溪。泉水的来源，是由地底沙土中涌出的，在日光下，空气为水裹成小珍珠样，由水底上翻，有趣到使人不忍离开它。八年的时间，泉水变成怎样了呢？是无从问讯了。

铁厂的熔铁炉，是在镇的南边。去那里，得过一条约有十多丈宽的河沟。这河沟时常干到只剩一小半水，又时而涨到堤坎以上。到涨水时，则铁厂不能去了。涨水时，虽有桥，虽有渡船，但得包绕两里多路。谁能因为单是看看铁炉去多走三里路？是以一遇到涨水，纵是要看，我们也只好隔河远远地欣赏一番罢了。到水落时，从跳石上过去，四十来礅跳石，大的还不到一尺见方大，河中的水即或是浅，但流得极凶，有些人，是要为此头眩的。

我则大摇大摆，估量到纵或失神堕下去，还欺得住这河水。

"那是很可恶的一条溪水啊！"有一次，同我伴着往铁厂去玩的一个军佐，见了活活流动的水，白的泡沫乱翻，竟返身了。当军人那样怕水，这是我如今想着他怯怯的神态时还要笑的一桩事。

出了南街口，那个五丈或竟到六丈七丈高大的炉顶，就现在眼前了。想来炉子还不止七丈高，我们望它的顶，似乎总得昂头用手扶住帽子。这是个石块，砖头，竹，木，泥，铁和拢来建筑成功的一种伟大怪物。在当时，曾费了许多思想，还找不出它着手处来。像是碉堡，比碉堡大到几倍。用碉堡来形容，像是像了，但有许多人连碉堡就不曾见过。我再说个比拟，它像一个旧式泥蜡台。它是四方，到顶上渐小渐锐的一种类乎大泥蜡烛台的怪物。伟大处，使到它身边的人，比小孩子站在象身边还要觉得渺小。第一面时给我一个傻想头，就是揣想它不是人所做成的东西。炉顶出烟，有时成了红色。

另一端，有用铁条木板做成如在天空悬着似的长桥，桥的一端搭在炉顶，时时刻刻可以见到一个人推了一个东西从彼端坡上到炉顶去，起初却不知道这是推矿石同燃料。矿石是先用煤夹层砌好，到一个露天坑里炼好成了深灰色的，至于升火燃料是用煤还是用柴，那就不知道了。

有一次，因为同了一个副官去看，我们就上了坡过了那长桥，直到炉顶。在下面看来，尖的炉顶，至多是有四张方桌大吧。谁知到了上面，太出人意料了。这顶上至少比普通戏台大，且四围有极大的栏杆。出火的那个口子，也还比床大。顶上满铺的是大方砖，干净平整，正同人家极好的天井一样；站到上面，看下头的一切人，比从下面看上头更小了。

附在炉旁放风箱的屋子，非常之小，正同两张骨牌凳，又像一个方木鸡笼。槐化的全市也看得极其清楚，各家的瓦楞都能分明认得出来。副官说是能夜间来此看月亮，那好极了，可是我们始终都不曾能于夜间来此一次。

到了铁炉边，我还有一个愿望，就是有人许可我在炉顶看来像鸡笼一样的那个风箱屋子住两天。我相信只要有人准，我当时是极其愿意的。许多同事也都说这屋子有趣。屋是方形，用大木柱如铁路上路轨枕木那么整齐好看的硬木砌成。顶上盖的是铁板子，四围又用铁条子箍着，屋子靠到炉旁，像是炉子的脚趾。屋子中，一个占了屋子一半的方形大木风箱立在屋角。风箱的身正同屋子一样，较小一点的木柱，在发光的铁箍下束得极紧，前面一个大圆木把手，包了铁皮。铁皮为扯风箱的手摩得闪光。六个拉风箱的人赤了膊子，站在风箱前头，双手扶住风箱的把手，一个司令，"嘘……"的一声哨子，六个人就齐向前一扑；再"嘘……"的一声，又是一退，不到半点钟，六个人的汗榨出的已像个样子了，于是就另外来了六个人换班，依然是一嘘一嘘，把风送到炉里去。这哨子你远一点听着，是一只山麻雀在叫，稍近一点，又变成油蛐蛐了。风箱屋子后面，堆了数不清的毛铁，大约还得运到另一个地方去炼一道，运铁的是牛的背与人的背，牛也很多，人也很多。

一个人，用一根丈多长的铁签子，把炉脚一个小小铁门拨开，水银般东西流出来，流到就地挖成的浅浅小坑中，过了些日子，铁就由紫色转成普通毛铁的颜色了。在泻铁处还可以看到比烟火还热闹的白火花，若是夜间，那是当更其有趣的。

槐化还有一个特色，就是落雨。雨之类，像爱哭的女人的眼泪样，长年永是那么落，不断地落，却不见完。尤其是秋天同春末，使脾气极好的人，也常常因这种不合理的雨水落得发愁，生出骂一句娘的心情来了。终日靡靡微微，不成点也不成丝，在很小的风的追逐下，一个市镇，全给埋葬在这种雾霾中。大街上，就是说较宽点那一条街上，只见泥泥泞泞，黑色的污秽，满满的匀匀的布了一街。在街上，横流四溢的，是那些豆腐铺中从豆腐缸里倒出来的臭水——水中有夹了些白的泡沫的，则流到街上时还发酵似的沸沸响着。

杂货铺柜台子下，可以见到些湿透了毛羽，悲缩可怜，又像比平时小了许多，垂着尾巴的鸡公。鸭子在街中嘻嘻哈哈乐着，变了平日的颜色，拖泥带水，把一个扁嘴壳插到街石跷起的罅隙中，去脏水里寻找红虫曲蟮一类食物，……这是介于我喜憎之间的，所以不多说了。

猎野猪的故事

有一年，这有多久了？我不大记得清楚了。我只能记到我是住在贵州花桥小寨上，辫子还是蜻蜓儿，我打过野猪。我同到天叔叔两人，随到大队猎人去土坟子赶野猪。土坟子这地方大概是野猪的窝，横顺不到三里宽，一些小坡坡，一些小潴塘，一些矮树木，这个地方我就不知究竟藏得野猪有多少。每次去打你总得，不落空。

大家吃了晚饭去，又带了一些烧好的大红薯。一帮人马总有二十多个。又带了四匹狗。土坟子离我们寨里说是五里，其实不过三里。到后就分开，各人走各人的路。我是同到我天叔叔随到大个子四伯走到冈上去。上到土冈上，于是就在先前打好的棚子住下来。时间是八月，天气还很热，三个人还只一床被，用麦秆子做垫褥。我同我天叔叔因为吃饭多了点，一到不久就睡去。四伯同他的狗抽身就到外面合围去了。

不知道睡了多久。

我醒了，摇天叔叔，他也醒了。把高粱秆的门打开，看天上全是星子。一个月亮还才从远山坡后升起来。虫像落雨一样，这里那里全是。棚子附近就不知道有多少草蚱蜢，咋咋咋咋不得了。油蛐蛐是居然不客气进到我们垫褥上来了。月亮光照到我们的脸，我想起四伯。老远又听到一些人打哨子的声音。

"天叔叔，我们出去看看罢。"

我们于是站在月光下头了。影子拖在地上好长。一些亮火虫绕着我们的身子打转身。

"妹，有人在打哨子咧。"

我们听那哨子，忽远忽近。冈下头，有两个地方都烧有一堆火，这大约是我们伴当吧。四伯是必定到那一堆火前找酒喝去了，天叔叔就轻轻打哨子，招我们的狗。

没听到狗声，只有小小的风，吹冈下树叶子作响。

呆了好一会。

天叔叔进到棚里去，找烧薯，到处都不见，才知道放在别人箩筐里去了。有一点饿是真的。四伯又不来。还不知道是什么时候，离天亮有多久。尽呆着也不是事。这一来原就是为看看他们打野猪，万一他们这时正在打，我们在此呆着干吗？

天叔叔就主张我们跑到冈下去看看，若四伯不在，也可以到那里一会儿，讨几个红薯又返身。

冈下到烧火处不过一里路远近。我是主张喊，天叔叔又恐怕这时他正在合围，惊走了他们的猪，挨四伯的骂。

"我们下去就即刻转来，不要紧的。"

野猪听说凶，我知道。但天叔叔同我的意思都以为下冈不到一里路，是无妨。且这时大概还不到合围，四伯原是答应我们在打时可以看看的。这时既还不曾打，野猪不带伤，又不必怕它。因此下冈便决定了。

棚子内还剩的有标枪，这标枪刃子比我手掌还要宽，极其锋快。天叔叔学到一个打猎人样子，自己拣了一根短点的，为我拣了一根小刃的，各人都把来扛到肩膀上，离开了棚子，取小路下冈。

鬼，我们是不知道人应怕它的。虎豹这地方不会有。豺狼则间或有人见到过，据说也不敢咬小孩子。我们又听说野猪在带创以前从不会伤人。就一无所惧地向烧火处走去。

我在天叔叔身后走，为的是他可以为我逐去那讨人嫌的无毒蛇。

小风凉凉的吹到人身上很受用。月亮已升起照到头上了，星子少了点。

到了火堆边不见一个人。那里也有个棚子，棚子里只有一大筐子梭子薯，生的熟的混在一块儿，还有三个葫芦水。天叔叔又吹哨子，不见别处有接应。我们知道必是他们禁止野猪从这路过身，所以在此烧着一堆火，人却走到别处去。

围大概是已经在合了。

"不转去又恐四伯回头找我们，转去又恐怕撞到带伤的野猪。"我是主张提高嗓子喊四伯几声看看的。

"做不得，四哥以为你被豹子咬才会喊的。万一你一喊吓走了野猪，别人又会说四哥不该带我们来了。"

天叔叔想出一法子，是我留在此地，让他一个人转棚子。

这难道算得好计策？要我一个人在此我可不能够，我愿意冒一点险担着心跑转去。有两个人，都扛着根矛子，我倒胆子壮一点！

回去是我打先，我把当路的花蛇同骤然从身后蹿来的野猪娘打跑，对付前面倒容易多多了。

在棚子内一面喝水一面吃我们从冈下取来的红薯，吃得两人肚子到发胀方才止。吃薯剥皮本来只是城里人的事，因为取来的薯三个我还吃不完，两人便只拣那好的中心吃，薯的皮和薯的边，天叔叔便丢到棚外去。

若是我们初醒还只二更天，等到我们把薯吃了时，大约也是快到三更尽了。四伯不来真有点怄人。特意带我们来又骗了我们自顾去打围，我们真不如就到家睡一觉，明天早上左右跑到保董院子里去就可以见到那死猪！或者，这时四伯他们正在那茶树林子岔路旁站着，等候那野猪一来，就飞起那有手掌宽的刃的短矛子刺进野猪肋巴间，野猪不扬不睬地飞样跑过去，第二个岔口上别一个人就又是一矛子……说不定野猪已是倒在茶林里，四伯等正放狗四处找寻吧。

远远地听到有狗在叫，不过又像是在本寨上的狗。

天叔叔显然吃多了红薯，眼睛闭起，又在睡了。

我也只有闭起眼，听棚外的草蚱蜢振翅膀。

像在模糊要醒不醒的当儿，我听到一样响声，这响声反反复复在耳朵里作怪，我就醒了。我身子竖起来。

为这奇怪声气闹醒后，我就细细地去听。又不像长腿蚱蜢，又不像蛐蛐。是四伯转来了么？不是的。倒有点像我们那只狗。可是狗出气不会这样浊。是——？

我一想起，我心就跳了。这是一头小野猪！我绝不会错，这真是一头小野猪！它还在咦咦嗡嗡地叫！不止一头，大约是三头，或者四头，就在我的棚子外边嚼那红薯皮。又忽然发小癫互相哄闹。

我不知我这时应当怎么办。一喊，准定就逃走。看看夭叔叔还不曾醒，想摇他，又怕他才醒，嚷一声，就糟糕了。我出气也弄得很小很小的。我还是下蛮忍到我出声。不过这样坚持下去也不会有好花样出来，可又想不出好方法，我就大胆小心将我们的门略推。

声音是真小，但这些小东小西特别地灵巧，就已得了信，拖起尾巴飞跑下冈子去了。

我真悔得要死。我想把我自己嘴唇重重打几下，为的是我恨我自己放气沉了点。其实有罪只是手的罪，不去推棚门，纵想不出妙法子，总可再听一会儿咀嚼。

哈，我的天！不要抱怨，也不要说手坏，这家伙，舍不得薯皮，又来了。

先是一匹，轻脚轻手地走到棚边嗅了一会儿，像是知道这里有生人气，又跑去，但马上一群就来了。不久就恢复了刚才那热闹。

我从各处的小蹄子脚步声，断定这小东西是四头。虽然明明白白棚里有好几把矛子，因为记得四伯说小野猪走路快得很，许多狗还追不上，待我扯开门去用矛子刺它，不是早跑掉了么？我又不敢追。那些小东小西大概总还料不到棚内有人正在打它们的主意，还是走来走去绕到棚子打圈子。

我就担心这些胆子很大的小猪会有一位不知足的要钻进棚来同我算账。替它们想是把棚外薯皮吃完转到它妈处合算，多留一刻就多一分危险。

哈，我的天！一个淡红的小嘴唇居然大大方方地从隙处进来了。总是鼻子太能干，嗅到棚内的红薯，那生客出我意外用力一下还冲进一个小小脑袋来。没有思索的余地，我就做了一件事。我不知这是我的聪明还是傻，两手一下就箍到它颈项。同时我大声一喊。这小东西猛地用力向后一缩退，我手就连同退出了棚外。几乎是快要逃脱了。天呀，真急人！

天叔叔醒了，那一群小猪蹿下冈去了。我跪在棚内，两只手用死命往内拉，一只手略松，不过是命里这猪应落在我手里，我因它一缩我倒把到一只小腿膊，即时这只腿膊且为我拉进棚内了。

"哎哟，天叔叔，快出外去用矛子刺它，我捉着了！"

他像还在做梦的样子，一出去就捉到那小猪两后腿，提起来用大力把猪腿两边分。

"这样子是要逃掉的，让我来刺它！"

猪的叫声同我的喊声一样尖锐的应山，各处都会听见的。

不消说，我们是打了胜仗，这猪再不能够叫喊了。一矛两矛的刺夺，血在天叔叔手上沿着流，他把它丢到地上去，像一个打破了的球动都不动。

大家听到这故事，中间一个人都不敢插嘴。直到野猪打死丢到地上后，小四才大大地出了一口气。

宋妈的嘴角全是白沫子，手也捏得紧紧的，像还扯到那野猪腿子一个样。这老太是从这故事上又年轻三四十岁了。

"以后，你猜他们怎么？"宋妈还反问一句。

大家全不作声。

"以后四伯转身时，他说是听到有小猪同人的喊叫，待看到我们的小猪，笑得口都合不拢。事情更有趣的是，单单那一天他们一匹野猪打不得，真值得夭叔叔以后到处去夸张。"

小四是听得满意到十分，只是抱着我头颈直摇，二嫂见宋妈那搂手忘形的样子，笑着说："宋妈，看不出你那双手还捉过野猪。我以为你只有洗衣是拿手。"

"嘻，太太，到北方来，我这手洗衣也不成，倒只有捏饺子了。"

大家都笑个不止。

小四家的樱花开时，我已不敢去，只怕宋妈无好故事，轮到我头上，就难了。

草 绳

今天镇上雨水特别好。如今雨又落了整三天。

河里水，由豆绿色变到泥黄后，地位也由滩上移到堤坝上来了。天放了晴水才不再涨。沿河两岸多添了一些扳罾人，可惜地方上徐黑生已死，不然又说镇上八景应改成九景，因为"沱江春涨"当年志书不曾有，或者有意遗落了。

至于沙湾人，对于志书上的缺点，倒不甚注意。"沱江春涨"不上志书也不要紧的，大家只愿水再涨一点。河里水再涨，到把临河那块沙坝全体淹没时，河里水能够流到大杨柳桥下，则沙湾人如周大哥他们，会高兴得饭也忘记吃，是一定的吧。

水再大一点，进了溪里桥洞时，只要是会水，就可以得到些额外的利益。到桥洞里去捉那些为水所冲想在洄水处休息的大鱼，是一种。胆大一类的人呢，扳罾捉鱼以外还有来得更动人的欲望在。水来得越凶，他们越欢喜，乘到这种波浪滔滔的当儿，顾自奋勇把身体掷到河心去，就是从那横跨大河的石桥栏上掷到河心去。他们各人身上很聪明的系了一根绳，绳的另一端在大杨树上系定，待到捞住一匹从上游冲来的猪或小牛之后，才设法慢慢游拢岸。若是俘虏是一根长大的木柱，或者空渔船，就把绳系住，顾自却脱身泅到下游岸边再登岸。

然而水却并不能如大家的意思，涨到河码头木桩标示处，便打趣众人似的止了。人人都失望。

　　桥头的老兵做了梦，梦到是水还要涨。别的也许还有人做这样的梦，但不说。老兵却用他的年龄与地位的尊贵为资格，在一个早上，走到各处熟人家中把那再要涨水的梦当成一件预言的说了。当然人人都愿意这梦灵验。

　　照习惯，涨水本来无须乎定要本地落雨才成。本地天大晴，河里涨水也是常有事。因此到晚天上还有霞，沙湾人心里可大冷。

　　"得贵伯，是有的。"说话的是个沙湾人，叫二力，十六岁的小个儿猴子，同到得贵打草鞋为生。这时得贵正在一个木制粗糙轮上搓一根草绳，这草绳，大得同小儿臂膊，预备用来捉鱼。搓成的草绳，还不到两丈，已经盘成一大卷。

　　房子中，墙上挂了一盏桐油灯，三根灯芯并排地在吸收盏中的油，发着黄色的光圈。左角墙上悬了一大堆新打的草鞋，另一处是一个酒葫芦同旧蓑衣。门背后，一些镰刀，一些木槌子，一些长个儿铁钉，一些细绳子，此时门关着，便全为灯光照着了。

　　二力蹲坐在房中的一角，用一个硬木长棒槌击打刚才编好的草鞋，脱脱脱的声。那木槌，上年纪了，上面还反着光，如同得贵的秃顶那模样。

　　得贵是几乎像埋在一大堆整齐的草把中间的。一只强壮的手抓住那转轮木把用力摇，另一只手则把草捏紧送过去。绳子这样便越来越长了。木轮的轧轧转动声，同草为轮子所挤压时吱吱声，与二力有节奏的硬木棒槌敲打草鞋声，合奏成一部低闷中又显着愉快的音乐。

"得贵伯，我猜这是一定会有的。"

二力说的是明日河中的大水。若是得贵对老兵的话生了疑惑时，这时绳子绝不搓得这么上劲的。但得贵听到二力说话可不答，只应一个唔，而且这唔字为房中其他声音埋葬了，二力就只见到得贵的口动。

"我想我们床后那面网应当早补好，"二力大声说，且停了敲打，"若是明天你老人家捕得一头牛——就是猪也好，可以添点钱，买只船——不，我想我们最好是跳下水去得了一头牛，以外还得一只船，把牛卖去添补船上的家伙，伯伯你掌艄，我拦头，就是那么划起来；——以后整天不是有鱼吃？"

得贵把工作也稍稍慢住下来，"我跌到斤丝潭里去谁来救援？"

这是一句玩笑话。这老人，有名的水鬼，一个凫子能打过河去，怕水吗？

二力知道是逗他，却说道："伯伯你装痴！你说我！我是不怕的，明天可泅给你看。"

"伯伯这几年老了，万一吃多了酒一不小心，你能救你伯伯吗？"得贵说了就哈哈大笑，如同一个总爷模样的伟大。其实得贵有些地方当真比一个衙门把总是要来得更高贵一点的；如那在灯光下尚能反光的浅褐色秃顶，以及那个微向下溜的阔嘴唇，大的肩膀，长长的腰，……然而得贵如今却是一个打草鞋度日的得贵。也许是运气吧。那老兵，在另一时曾用他的麻衣相法——他简直是一个"万宝全"，看相以外还会治病剃头以及种种技艺的——说是得贵晚运是在水面上；这时节，运，或者就在恭候主人的。是以得贵想起"晚运"不服老地兴奋着搓绳，高兴的神气，二力也已看出了。

"我想——"二力说，又不说。

这是二力成了癖的，说话之先有"我想"二字。有时遇到不是想的事也免不了如此。这是年纪小一点的常有的事情。

"我想我们还应当有一面生丝网，不然到滩上去打夜鱼可不成。"

"我想，"这小猴又说，"我们还应有些大六齿鱼叉才好。"

"还有许多哩，"得贵故意提出好让二力一件一件数。

"我们要有四匹桨，四根篙，两个长杆小捞兜，一个罩鱼笼……得贵伯，你说船头上是不是得安一个夜里打鱼烧柴火的铁兜子？"

"自然是要的。"

"我想这真不少了，不然，那怎么烧柴火？我想我们船上还要一个新篷，万一得来的船是无篷的？我想我们船上还要——但愿得来的船是家具完全，一样不必操心，只让我们搬家去到上面住。""为伯伯去打点酒来吧。一斤就有了。不要钱。你去说是赊账，到明天一起清。"

二力就站起来伸了一个大懒腰，用拳自己打自己的腿。走到得贵那边去，把盘在地下的粗草绳玩笑似的盘自己的身。

"这么粗，吊一只大五舱船也够了。我想水牷也会吊得住，小的房子也会吊得住。""好侄子，就去吧，不然夜深别人铺子关门了。你可以到那里去自己赊点别的东西吃。就去吧。"

二力伸手去取那葫芦，又捧葫芦摇，接着递与得贵，"请喝干了吧，剩的有，回头到她那去灌酒又要少一点。那老苗婆——我想她只会占这些小便宜。"

得贵举葫芦朝天，嘴巴斗在葫芦嘴，像亲嘴一个样，咽弄咽弄两大口，才咽下，末了用舌头卷口角的残沥，葫芦便为二力搂过来，二力开门就走了。

"有星子咧，伯伯！"二力在门外留话。

以后就听到巷口的狗叫，得贵猜得出是二力故意去用葫芦撩那狗，不然狗同到二力相熟，吠是不会的。

绳子更长了，盘在地下像条菜花蛇。得贵仍然不休息，喝了两口"水老官"，力气又强了。

得贵期望若是船，要得就得一只较大一点的，能住三个人就更好——这正派人还想为二力找个老婆呢。

打了八年草鞋的得贵，安安分分做着人，自从由乡下搬进城整整是八年，这八年中得了沙湾人正派的尊敬，侄儿看看也大了，自己看看是老了，天若是当真能为正派人安排了幸福，直到老来才走运，这时已是应当接受这晚运的时节了。

不久又听到巷口狗乱吠，二力转家了，摇得葫芦喳喳响。

未进门以前，还唱着，哼军歌，又用口学拉大胡，訇的把门推开却不作声了，房子里黄色灯光耀得他眼睛发花。

"伯，听人说沿河水消一点了。"

得贵听到只稍稍停转手中木轮子。

"我想这不怕，这里天空有星子，西边天黑得同块漆，总兵营一带总是在落吧。"

在得贵捧着葫芦喝酒时，二力也从身上取出油豆腐干来咀嚼。

"怎不给我一点儿下酒？"

"我想，你闭着眼吧。"

得贵把眼闭时张开口，就有一坨东西塞进嘴里去。

二力把绳子试量，到三丈长了，得贵还不即住手。

绳子至少要五丈，才够分布的。这时得贵想，渔船大，水又大，且还有船以外的母牛，非十二丈不成功（至少是十丈），此时的成绩，三分之一而已。

二力把一只草鞋捶来捶去也厌了，又来替得贵取草。仍然倦，就埋身子在另一草堆里做那驾渔船当拦头工的梦去了。

听得碉堡上更鼓打四下，何处有鸡在叫了，得贵的手还在转轮木把子上用劲转。轮子此时声音已不如先前，像是在呻吟，在叹气，说是罢罢罢，算了吧，算了吧，……为了老兵的梦，沙湾的穷人全睁眼做了一个欢乐的好梦。

但是天知道，这河水在一夜中消退了！老兵为梦所诳——他却又诳了沙湾许多人，河里的水偏是那么退得快，致使许多人在第二天原地方扳罾也都办不到，这真只有天知道！老兵简直是同沙湾人开了一个大玩笑，得贵为这玩笑几乎累坏了。

从此那个正派人还是做着保留下来的打草鞋事业，待着另一回晚运来变更他的生活——二力自然没有去做拦头工，也不想再做。

至于关心的人想要知道那根九丈十丈长的粗草绳以后的去处，可以到河边杨柳桥去看，那挂在第四株老树上做秋千，河湾人小孩子争着爬上来荡的，可不就是那个么？

棉　鞋

——摘自一个庙老儿杂记

　　我一提起我脚下这一双破棉鞋，就自己可怜起自己来。有些时候，还抚摸着那半磨没的皮底，脱了组织的毛线，前前后后的缝缀处，滴三两颗自吊眼泪。

　　但往时还只是见棉鞋而怜自己，新来为这棉鞋受了些不合理的侮辱，使我可怜自己外，还十分为它伤心！

　　棉鞋是去年十二月村弟弟为我买的。那时快到送灶的日子了，我住公寓，无所措其手足。村弟弟见我脚冻得不成样子了，行慷慨夹一套秋季夹洋服，走到平则门西肇恒去，在胖伙计的蔑视下接了三块钱，才跑到大栅栏什么铺去换得一双这么样深灰绒线为面单皮为底的尖头棉鞋。当他左胁下夹了一只，右胁下夹了一只，高高兴兴撞进我窄而霉斋房门时，我正因冷风吹打我脸，吹打我胸，吹打我的一切无可奈何，逃进破被中去蜷卧着，摩挲我为风欺侮而红肿的双脚。

　　"好了好了，起来看看吧，试一试，——我费了许多神才为你把这暖脚的找来！"村弟弟以为我睡了，大声大气。我第一次用手去与那毛绒面接触时，眼就湿润了。

　　村弟知道我的意思。"怎么，不行吗？"又故意说笑，"这东西可不能像女人谈什么自由恋爱与恋爱自由了。但你有钱，仍可以任你意去拣选认朋友，不过这时且将就吧……有钱有势的人，找个把女人算啥事？就是中等人家，做小生意过活的那些人，花个三百两百，娶一门黄花亲，也容易多了！然而我们这双鞋，却费尽了九牛二虎之力——"我不愿再听他那些话了，把头藏到被里。

他似乎在做文章似的，不问我听不听，仍然说了一大篇，才搭搭讪讪转他的农业大学。

这两只棉鞋，第一夜就贴在我的枕头边，我记不清我曾用手去抚摸过多少次！

正月，二月，三月，以至到如今，我不曾与它有一日分离。就是那次私逃出关到锦州时，它也同在身边。

虽说是乘到村弟弟第二次大氅进西肇恒时，我又得到一双单呢鞋，然那只能出门穿穿，至于一进窄而霉斋，我便仍然彳彳亍亍趿起那个老朋友来。谁一个来见到，问说："怎么怎么，这几天还舍不得你脚下那双老棉鞋？"就忙说地下潮湿，怕足疾。这对答是再好没有了，又冠冕，又真实。所以第二第三以至于任何人问到，或进房对我脚下注意时，我必老起脸把这足疾的道理重复一番。

"怎么哪，棉——"我便接过口来，"不知道吧，地下湿咧！"

我的住处的确也太湿了，也许是命里所招吧，我把房子换来换去，换到最后，砖地上还是滑溜溜的，绿色浸润于四角，常如南方雨后的回廊。半年来幸而不听到脚肿脚疼，地上湿气竟爬不上脚杆者，棉鞋之力实多。

磨来磨去，底子与鞋面分家了，用四个子叫声伙计。终年对我烂起脸做出不耐烦样子的伙计，于是把两个手指拈着鞋后跟，出去了，不到半点钟，就可以看见他把鞋从门罅里摔进来。这时我便又可彳亍彳亍，到柜房去接电话，上厕屋去小解，不怕再在人面前露出大拇指了。

以先，是左边那只开的端，不久，右边那只沿起例来；又不久，左边一只又从另一个地方生出毛箔……直到我出公寓为止。总计起来，左边一只，补鞋匠得了我十二个子，右边也得了我八枚，伙计被我麻烦，算来一总已是五次了，他那烂嘴烂脸的神气，这时我还可以从鞋面上去寻捉。

右边一只，我大前天又自己借得个针缝了两针。

如今的住处，脚下是光生生红漆板，似乎是不必对足疾生害怕了，但我有什么法术去找一双候补者呢？村弟弟去年当的洋服还不能赎出来，秋风又在吹了。此地冷落，来来往往，终不过几个现熟人！若像以前住到城中，每日里还可到马路上去逡巡，邀幸可拾得一个小皮夹，只要夹里有一张五元钞票，同时秋天的袜子也就有了。在这乡下，谁个能掉一个皮夹来让我拾呢？真可怜！希望也无从希望。

但几日来天气还好，游山之人还多，我的希望还没有破灭。我要在半山亭，或阅风亭，或见心斋，或……不拘哪一处，找到我的需要。为使这希望能在日光下证实，我是以每天这里那里满山乱窜。

彳亍彳亍，我拖起我的棉鞋出了住房。先生学生，都为这特异声音注了意，同时眼睛放光，有奇异色。弟兄们哪，这是不雅的事吧？不要笑我，不要批评，我本来不是雅人，假使我出去能捡到了我的运气，转身就可以像你们了！

我彳亍彳亍到了图书馆。这是一个拿来让人参观的大图书馆。一座白色德国式的房子，放了上千本的老版本古书。单看外面，就令人高兴！房子建筑出众，外面又有油漆染红的木栏杆。

"想来借几本书。"

"好吧。"管事先生口上说着，眼睛一下就盯在我脚上。

哈哈，你眼力不错，看到我脚上了——我心里想起好笑。

我有点恨眼睛，就故意把底子擦到楼板上，使它发出些足以使管事不舒服，打饱喉，发恶心的声气来。他他他，不但脸上露出难看的憎嫌意思，甚至于身也拘挛起来了。……你们帮他想想，看除了赶紧为我把书检出外，有什么办法驱逐我赶快出图书馆吗？

见心斋泉水清澈极了，流动的玻璃，只是流动。我希望是不在"见心"的，故水声在我听来，只像个乡下老婆子半夜絮语唠叨。也许是我耳朵太不行了，许多人又说这泉声是音乐。

泉声虽无味，但不讨人嫌恶；比起我住房隔壁那些先生们每夜谈文论艺，似乎这老婆子唠叨又还彻底一点。因此我在证明皮夹无望以后仍然坐下来。

我把右腿跷起，敲动我的膝盖骨，摇摇摇摇，念刚借来的白氏《长庆集》。

……蠢蠢水族中，无用者虾蟆，形秽肌肉腥，出没于泥沙。六月七月交，时雨正滂沱，虾蟆得其志，快乐无以加！地既蕃其生，使之族类多；天又与其声，得以相喧哗……白翁这首和张十六虾蟆诗，摘记下来，如今还有很多用处。想不到那个时候，就有这么许多讨人厌烦聒人耳朵的小东西了！

　　如今的北京城，大致是六月雨吧，虾蟆也真不少！必是爱听"鼓吹雨部"的人太多；而许多诗人又自己混进了虾蟆队里，所以就不见到谁一个再来和虾蟆诗了。

　　…………

边　城

　　由四川过湖南去，靠东有一条官路。这官路将近湘西边境到了一个地方名为"茶峒"的小山城时，有一小溪，溪边有座白色小塔，塔下住了一户单独的人家。这人家只一个老人，一个女孩子，一只黄狗。

　　小溪流下去，绕山岨流，约三里便汇入茶峒的大河。人若过溪越小山走去，则只一里路就到了茶峒城边。溪流如弓背，山路如弓弦，故远近有了小小差异。小溪宽约二十丈，河床为大片石头作成。静静的水即或深到一篙不能落底，却依然清澈透明，河中游鱼来去皆可以计数。小溪既为川湘来往孔道，水常有涨落，限于财力不能搭桥，就安排了一只方头渡船。这渡船一次连人带马，约可以载二十位搭客过河，人数多时则反复来去。渡船头竖了一枝小小竹竿，挂着一个可以活动的铁环，溪岸两端水槽牵了一段废缆，有人过渡时，把铁环挂在废缆上，船上人就引手攀缘那条缆索，慢慢地牵船过对岸去。船将拢岸了，管理这渡船的，一面口中嚷着"慢点慢点"，自己霍地跃上了岸，拉着铁环，于是人货牛马全上了岸，翻过小山不见了。渡头为公家所有，故过渡人不必出钱。有人心中不安，抓了一把钱掷到船板上时，管渡船的必为一一拾起，依然塞到那人手心里去，俨然吵嘴时的认真神气："我有了口粮，三斗米，七百钱，够了。谁要这个！"

但不成，凡事求个心安理得，出气力不受酬谁好意思，不管如何还是有人把钱的。管船人却情不过，也为了心安起见，便把这些钱托人到茶峒去买茶叶和草烟，将茶峒出产的上等草烟，一扎一扎挂在自己腰带边，过渡的谁需要这东西必慷慨奉赠。有时从神气上估计那远路人对于身边草烟引起了相当的注意时，便把一小束草烟扎到那人包袱上去，一面说，"不吸这个吗，这好的，这妙的，味道蛮好，送人也合适！"茶叶则在六月里放进大缸里去，用开水泡好，给过路人解渴。

管理这渡船的，就是住在塔下的那个老人。活了七十年，从二十岁起便守在这小溪边，五十年来不知把船来去渡了多少人。年纪虽那么老了。本来应当休息了，但天不许他休息，他仿佛便不能够同这一分生活离开。他从不思索自己的职务对于本人的意义，只是静静的很忠实地在那里活下去。代替了天，使他在日头升起时，感到生活的力量，当日头落下时，又不至于思量与日头同时死去的，是那个伴在他身旁的女孩子。他唯一的朋友为一只渡船与一只黄狗，唯一的亲人便只那个女孩子。

女孩子的母亲，老船夫的独生女，十五年前同一个茶峒军人，很秘密地背着那忠厚爸爸发生了暧昧关系。有了小孩子后，这屯戍军士便想约了她一同向下游逃去。但从逃走的行为上看来，一个违背了军人的责任，一个却必得离开孤独的父亲。经过一番考虑后，军人见她无远走勇气，自己也不便毁去做军人的名誉，就心想：一同去生既无法聚首，一同去死当无人可以阻拦，首先服了毒。女的却关心腹中的一块肉，不忍心，拿不出主张。

事情业已为做渡船夫的父亲知道，父亲却不加上一个有分量的字眼儿，只作为并不听到过这事情一样，仍然把日子很平静地过下去。女儿一面怀了羞惭一面却怀了怜悯，仍守在父亲身边，待到腹中小孩生下后，却到溪边吃了许多冷水死去了。在一种近于奇迹中，这遗孤居然已长大成人，一转眼间便十三岁了。为了住处两山多篁竹，翠色逼人而来，老船夫随便为这可怜的孤雏拾取了一个近身的名字，叫作"翠翠"。

翠翠在风日里长养着，把皮肤变得黑黑的，触目为青山绿水，一对眸子清明如水晶。自然既长养她且教育她，为人天真活泼，处处俨然如一只小兽物。人又那么乖，如山头黄麂一样，从不想到残忍事情，从不发愁，从不动气。平时在渡船上遇陌生人对她有所注意时，便把光光的眼睛瞅着那陌生人，作成随时皆可举步逃入深山的神气，但明白了人无机心后，就又从从容容地在水边玩耍了。

老船夫不论晴雨，必守在船头。有人过渡时，便略弯着腰，两手缘引了竹缆，把船横渡过小溪。有时疲倦了，躺在临溪大石上睡着了，人在隔岸招手喊过渡，翠翠不让祖父起身，就跳下船去，很敏捷地替祖父把路人渡过溪，一切皆溜刷在行，从不误事。有时又和祖父黄狗一同在船上，过渡时和祖父一同动手，船将近岸边，祖父正向客人招呼"慢点，慢点"时，那只黄狗便口衔绳子，最先一跃而上，且俨然懂得如何方为尽职似的，把船绳紧衔着拖船拢岸。

风日清和的天气，无人过渡，镇日长闲，祖父同翠翠便坐在门前大岩石上晒太阳。或把一段木头从高处向水中抛去，嗾使身边黄狗自岩石高处跃下，把木头衔回来。或翠翠与黄狗皆张着耳朵，听祖父说些城中多年以前的战争故事。或祖父同翠翠两人，各把小竹做成的竖笛，逗在嘴边吹着迎亲送女的曲子。过渡人来了，老船夫放下了竹管，独自跟到船边去，横溪渡人，在岩上的一个，见船开动时，于是锐声喊着：

"爷爷，爷爷，你听我吹，你唱！"

爷爷到溪中央便很快乐地唱起来，哑哑的声音同竹管声振荡在寂静空气里，溪中仿佛也热闹了一些。（实则歌声的来复，反而使一切更寂静一些了。）

有时过渡的是从川东过茶峒的小牛，是羊群，是新娘子的花轿，翠翠必争看作渡船夫，站在船头，懒懒地攀引缆索，让船缓缓地过去。牛羊花轿上岸后，翠翠必跟着走，站到小山头，目送这些东西走去很远了，方回转船上，把船牵靠近家的岸边。且独自低低地学小羊叫着，学母牛叫着，或采一把野花缚在头上，独自装扮新娘子。

茶峒山城只隔渡头一里路，买油买盐时，逢年过节祖父得喝一杯酒时，祖父不上城，黄狗就伴同翠翠入城里去备办东西。到了卖杂货的铺子里，有大把的粉条，大缸的白糖，有炮仗，有红蜡烛，莫不给翠翠很深的印象，回到祖父身边，总把这些东西说个半天。那里河边还有许多上行船，百十船夫忙着起卸百货。这种船只比起渡船来全大得多，有趣味得多，翠翠也不容易忘记。

（本文为节选）

长　河

　　记称"洞庭多橘柚"，橘柚生产地方，实在洞庭湖西南，沅水流域上游各支流，尤以辰河中部最多最好。树不甚高，终年绿叶浓翠。仲复开花，花白而小，香馥醉人。九月降霜后，缀系在枝头间果实，被严霜侵染，丹朱明黄，耀人眼目，远望但见一片光明。每当采摘橘子时，沿河小小船埠边，随处可见这种生产品的堆积，恰如一堆堆火焰。在橘园旁边临河官路上，陌生人过路，看到这种情形，将不免眼馋口馋，或随口问讯："嗳，你们那橘子卖不卖？"

　　坐在橘子堆上或树丫间的主人，必快快乐乐地回答，话说得肯定而明白，"我这橘子不卖。"

　　"真不卖？我出钱！"

　　"大总统来出钱也不卖。"

　　"嘿，宝贝，稀罕你的……"

　　"就是不稀罕才不卖！"

　　古人说"入境问俗"，若知道"不卖"和"不许吃"是两回事，那你听说不卖以后，尽管就手摘来吃好了，橘子园主人不会干涉的。

　　陌生人若系初到这个地方，见交涉办不好，不免失望走去。

主人从口音上和背影上看出那是个外乡人，知道那么说可不成，必带点好事神气，很快乐地叫住外乡人，似乎两人话还未说完，要他回来说清楚了再走。

"乡亲，我这橘子卖可不卖，你要吃，尽管吃好了。水泡泡的东西，你一个人能吃多少？十个八个算什么。你歇歇憩再赶路，天气老早咧。"

到把橘子吃饱时，自然同时也明白了"只许吃不肯卖"的另外一个理由。原来本地是出产橘子地方，沿河百里到处是橘园，橘子太多了，不值钱，不好卖。且照风俗说来，桃李橘柚越吃越发，所以就地更不应当接钱。大城市里的中产阶级，受了点新教育，都知道橘子对小孩子发育极有补益，因此橘子成为必需品和奢侈品。四两重一枚的橘子，必花一二毛钱方可得到。而且所吃的居多还是远远地从太平洋彼岸美国运来的。中国教科书或别的什么研究报告书，照例就不大提起过中国南几省有多少地方出产橘子，品质颜色都很好，远胜过外国橘子园标准出品。专家和商人既都不大把它放在眼里，因此当地橘子的价值，便仅仅比萝卜南瓜稍贵一些。出产地一毛钱可买四五斤，用小船装运到三百里外城市后，一毛钱还可买二三斤。吃橘子或吃萝卜，意义差不多相同，即解渴而已。

俗话说"货到地头死"，所以出橘子地方反买不出橘子；实在说，原来是卖不出橘子。有时出产太多，沿河发生了战事，装运不便，又不会用它酿酒，较小不中吃，连小码头都运不去，摘下树后成堆的听它烂掉，也极平常。临到这种情形时，乡下人就聊以解嘲似的说："土里长的听它土里烂掉，今年不成明年会更好！"看小孩子把橘子当石头抛，不加理会，日子也就那么过去了。

两千年前楚国逐臣屈原，乘了小小白木船，沿沅水上溯，一定就见过这种橘子树林，方写出那篇《橘颂》。两千年来这地方的人民生活情形，虽多少改变了些，人和树，都还依然寄生在沿河两岸土地上，靠土地喂养，在日光雨雪四季交替中，衰老的死去，复入于土，新生的长成，俨然自土中茁起。

有些人厌倦了地面上的生存，就从山中砍下几株大树，把它锯解成许多板片，购买三五十斤老鸦嘴长铁钉，找上百十斤麻头，捶它几百斤桐油石灰，用祖先所传授的老方法，照当地村中固有款式，在河滩边建造一只头尾高张坚固结实的帆船。船只造成油好后，添上几领席篷，一支桅，四把桨，以及船上一切必需家家伙伙，邀个帮手，便顺流而下，向下游城市划去。这个人从此以后就成为"水上人"，吃鱼，吃虾——吃水上饭。事实且同鱼虾一样，无拘无管各处漂泊。他的船若沿辰河洞河向上走，可到苗人集中的凤凰县和贵州铜仁府，朱砂水银鸦片烟，如何从石里土里弄出来长起来，能够看个清清楚楚。沿沅水向下走，六百里就到了历史上知名的桃源县，古渔人往桃源洞去的河面溪口，可以随意停泊。再走五百里，船出洞庭湖，还可欣赏十万只野鸭子遮天蔽日飞去的光景。日头月亮看得多，放宽了眼界和心胸，常常把个妇人也拉下水，到船上来烧火煮饭养孩子。过两年，气运好，船不泼汤，捞了二三百洋钱便换只三舱双橹大船……因此当地有一半人在地面上生根，有一半人在水面各处流转。人在地面上生根的，将肉体生命寄托在田园生产上，精神寄托在各式各样神明禁忌上，幻想寄托在水面上，忍劳耐苦把日子过下去。遵照历书季节，照料碾坊橘园和瓜田菜圃，用雄鸡、鲤鱼、刀头肉，对各种神明求索愿心，并禳解邪祟。到运气倒转，生活倒转时，或吃了点冤枉官司，或做件不大不小错事，或害了半年隔日疟，不幸来临，弄得妻室儿女散离，无可奈何，于是就想："还是弄船去吧，再不到这个鬼地方！"许多许多人就好像拔萝卜一样，这么把自己连根拔起，远远地抛去，五年七年不回来，或终生不再回来。在外漂流运气终是不济事，穷病不能支持时，就躺到一只破旧的空船中去喘气，身边虽一无所有，家乡橘子树林却明明爽爽留在记忆里，绿叶丹实，烂漫照眼。于是用手舀一口长流水咽下，润润干枯的喉咙。水既由家乡流来，虽相去八百一千里路，必俨然还可以听到它在家屋门前河岸边激动水车的呜咽声，于是叹一口气死了，完了，从此以后这个人便与热闹苦难世界离开，消灭了。

吃水上饭发了迹的，多重新回到原有土地上来找落脚处。

（本文为节选）

船上岸上

船停了。

停到十八湾。十八湾是辰河中游长长的一条平潭。说十八湾地名应作"失马湾"者，那当去志书上找证据。从地形上看，比从故事上看方便了许多。所以人人都说这是十八湾。

潭长七里，湾拐本极多，但要说十八的数是顶确实，那也并不一定。不说十二、十五，说十八，一面言其多，一面谐"失马"的音，不算极无意义了。

船到十八湾多停停，因为是辰河船舶往来一个极方便停船的所在。下行停到此地，则明天可以在晚饭左右抵浦市泸溪。上行则从辰谿县上游潭湾地方开船，此为第一天顶合适的停船码头。

我们船是下行的。

船停在码头边成一队，正如一队兵。大船排极右，其他船只依次来。这是说我们所有下行船一帮。虽然这只是一帮，船就有四十只，各把船头傍了岸，一个石头堆成的码头早挤满不能再容别的船舶了。别的船，原有别的帮，也就有别的码头让它们泊岸，两不相关。

停了船，不上岸不成的。

坐船久了的人，一爬上岸，总觉得地是在脚下晃动。无形中把在船上憩着为水荡摇成为新习惯，一上岸，就反而觉岸在动了。实则动的是自己身子。但是谁能不疑心是地动呢。

上了岸原也无事可做，大多数人都坐在岸边石墩子上看到一帮船。船的头尾全已站了人，相互欣赏。凡是日间在篷里呆睡呆坐的，这时全出到舱面来了。各个船上都全在煮饭，在船头，在船尾，无一个不腾起白的烟气。一些煮好了饭的，锅中就炒菜，有油落在锅里炸爆的声音，有切菜的声音。有些用鼎罐煮饭，米已熟，把罐提起将米汤倾倒到河中去。又有人蹲在船篷上唱戏。坐在岸边慢慢地看看天夜了。

"远，我们怎么样？"我意思想上船了。

他说饭还不曾熟，随到他们到上面街上买一点东西，看有什么买什么。我们就上了街。

天呵，这是什么街！一共不到二十家铺子，听人说这算南街。再过去，转一个拐直入山上去，有一个小石堡子门，进堡子门零零落落一些人家，比次而成一直行，算东街。

"看不出，铺子小，生意倒不错咧。"远说着就笑，我也笑。"比你乡下那小砦子还小得多，还是打道回衙吧。"

从麻阳下行的船，到高村可以将一切应用东西完全准备好，如猪肉呀，猪油呀，盐同辣子呀，高村全可买。从辰州上行的船，一切东西也办得整齐丰富，在路上要买就还有的是机会买活鱼和小菜。那么这里生意应当萧条了。

猪肉一类东西这地方销路实际上似乎真不怎样好，看看屠案上，所有的猪肉，就全象从别个乡村赶场赶来的东西！牛肉有是有，是更来得路程远一点，颜色变紫了，一望而知是水牛肉。

但这地方另有生意真可以搭股份呢。凡是码头顶好的生意，并不是屠户。只要是这地方有船停泊，卖小吃东西的总不会亏本。从五十、六十里路大市口上趸来的半陈点心，一到这地方来，成了奇货可居了。鸡蛋糕，雪枣，寸金糖，芝麻薄饼，以至于能够扯得多长的牛皮糖，全都有，全易出卖。

还有南瓜子、花生，从搭客到船上火头师傅，对于这类东西都会感到极浓厚趣味。小孩子则还要更贪嘴。大家争着买，抢着拿，因此一来价钱更可以高升一些。

还有卖纸烟，卖大烟的哩，全是门前堆了不少的人，像是做水陆道场大施食光景，热闹得很。

我们到一个卖梨子花生的摊子边买梨。

问那老妇人，"怎么卖？"

"四十钱一堆。"说了又在我同叔远身上各加以眼睛的估价。

一堆梨有十来个，只去铜元四枚，未免太贱，就一共买了四堆。

"不，先生，这一共买就只要百二十钱。"

"怎么？"

"应当少要点。"

望到那诚实忧愁憔悴的面貌，我想起这老妇人有些地方像我的伯妈。伯妈也有这样一个瘦脸，只不知这妇人有没有伯妈那一副好心肠。

"那我们多把你这点钱也不要紧。"我就一面用草席包梨，一面望那妇人的脸。

远也在望她。

妇人是全像我伯妈了。她说既然多给钱也应多添几个梨子。

一种诚朴的言语，出于这样一种乡下妇人口中，使我就无端发愁。为什么乡下同城里凡事都得两样？为什么这妇人不想多得几个钱？城里所谓慈善人者，自己待遇与待人是——？城里的善人，有偷偷卖米照给外国人赚点钱，又有把救济穷民的棉衣卖钱作自己私有家业的。这人也为世所尊敬，脸上有道德光辉所照，因此多福多寿。我就熟习不少这种城里人。乡下人则多么笨拙。这诚实，这城中人所不屑要的东西，为什么独留在一个乡下穷妇人心中盘踞？良心这东西，也可以说是一种贫穷的元素，城市中所谓"道德家"其人者，均相率引避不欲真有一时一事纠缠上身，即小有所自损，亦必大张其词使通国皆知他在行善事。以我看，不是这妇人太傻，便是城市中人太聪明能干！

远似乎也为这妇人感触着一种心思，望到这妇人又把筐中的梨捡出到簸箕里，大小平均兼扯的摆成一堆，摆好后，要我们抓取，不愿抓，就轻轻嘘了一口气。末后还是趁我们不备，把一堆梨放到我们席包里了。

我们把梨包好，走开了。

我在路上问远："你瞧这妇人，那种诚实坦白的样子，真使人想起生无限感慨——你怎么？我见你也望她！"

"这人实在太蠢了。城里人可不这样。"

远的话的幽默使我作一度苦笑。

我们一旁走，一旁从席包中掏出梨来啃，行为像一个船夫。也只有水手才吃这梨！梨子味酸得极浓，却正是我们所嗜，若非知道吃饭有鳜鱼，我们每人会非吃十个才知道止住。

雪

在叔远的乡下，你同叔远同叔远母亲的一件故事。

天气变到出人的意外。晚上同叔远分别时，还约到明早同到去看栎树林里捕野狸机关，就是应用的草鞋，同到安有短矛子的打狗獾子的军器，也全是在先夜里就预备整齐了。把身子钻到新的山花絮里呼呼地睡去。人还梦到狸子兔子对我作揖，心情非常的愉快。因为是最新习惯，头是为棉被蒙着，不知道天亮已多久，待到为一个人摇着醒来时，掀开被看，已经满房光辉了。

叔远就站在我面前笑。

他又为我把帐子挂好，坐到床边来。

"还不醒！"

"我装的。"

"装的？"

"那只怪你这被太暖和。因为到这里来同到一茂睡，常常得防备他那半夜三更猛不知一脚。又要为他照料到被，免得他着凉，总没有比昨晚的好过。所以第一次一人来此舒服地方睡觉，就自然而然忘记醒转了。"

"我娘还恐怕你晚上会冷，床头上还留有一毯子，你瞧那不是吗？"

"那我睡以后，你还来到这里了！"

"来了你已经打鼾，娘不让我来吵你，我把毯子搭在你脚上，随即也就去睡了。"

因为是纸窗，我还不知道外面情形，以为是有了大黄太阳，时候太晏了，看狸子去不成了，就懊丧我醒来的太晚，又怪叔远不早催我醒。

"怎么，落雪多久了！我刚从老屋过来，院中的雪总有五六寸，瓦上全成了白颜色，你还不知吗？"

"落雪？"

"给你打开窗子看，"叔远就到窗边去，把两扇窗子打开，"还在大落特落呢，会要有一尺，真有趣极了。"

叔远以为我怕冷，旋即又把窗关上。我说不，落了雪，天气倒并不很冷。于是就尽它开着。

雪是落得怪热闹，像一些大小不等的蝶蛾在飞，并且打着旋。

房中矮脚火盆中的炭火炽爆着火星，叔远在那盆边钩下身子用火箸尽搅。

"我想我得起来了。"

"不，早得很。今天我们的机关必全已埋葬在雪里，不中用，不去看了。呆会儿，我们到外踏雪去。"

我望到床边倚着那两支军器，就好笑。我还满以为在今天早上拿这武器就可到叔远的栎林里去击打那为机关踩藕腿的野物！

我就问叔远："下了雪不成，那我们见到玛加尔先生他捕狐不

058

就正是在雪中么？"

"那是书上的事情，并且是俄国。我的天，你为了想捉一匹狸子，也许昨天晚上就曾做过那个可怜玛加尔捉狐的梦了！"

听到叔远的话我有些忸怩起来。我还不曾见过活的狸子在木下挣扎情形。只是从那本书上，我的确明明白白梦过多次狐狸亮亮的眼睛在林中闪烁的模样了。

叔远在炭盆的热灰里煨了一大捧栗子，我说得先漱漱口，再吃这东西。

"真是城里人呵。"

叔远是因为我习惯洗脸以后才吃东西揶揄我，正像许多地方我用"真是乡下人"的话取笑他一样。因为不让我起床，就不起来了。叔远把煨熟的栗子全放在一个竹筒子内送到床上来，我便靠在枕上抓剥栗子吃。叔远仍然坐床枋。

"我告你，乡巴佬有些地方也很好受用的，若不是我娘说今天要为你炒鹌鹑吃，在这时节我们还可以拿猪肠到火上来烤吃呢。"

"那以后我简直无从再能取笑乡下人了。这里太享福。"

"你能住到春天那才真叫好玩！我们可以随同长年到田里去耕田，吃酸菜冷饭。（就拾野柴烤雀儿吃也比你城里的有趣。）我们钓鱼一得总就是七斤八斤，你莫看不起我们那小溪，我的水碾子前那坝上的鱼，一条有到三斤的，不信吧。"

我说："就是冬天也还好得多，比城里，比学校，那简直是不消说了。"

"不过我不明白我的哥总偏爱住城里。娘说这有多半是嫂嫂的趣味，我以为我哥倒比嫂嫂还挂念城里。"

关于叔远的哥的趣味，我是比叔远还不明白，我不说了。

我让我自己来解释我对于城乡两者趣味的理由。先前我怕来此处。总以为，差不多是每天都得同到几个朋友上那面馆去喝一肚子白酒，回头又来到营里打十轮庄的扑克的我，一到了乡下，纵能勉强住下也会生病！并且这里去我安身地方是有四百来里路，在此十冬腊月天气，还得用棕衣来裹脚走那五六天的道，还有告假离营又至多不会过两月，真像不很合算似的！然而经不得叔远两兄弟拖扯，又为叔远把那乡间许多合我意的好处来鼓动我心，于是我就到这个地方来了。到了这乡下以后，我把一个乡间的美整个地啃住，凡事都能使我在一种陌生情形下惊异。我且能够细细去体会这在我平素想不到的合我兴味的事事物物，从一种朴素的组织中我发现这朴素的美。我才觉得我是虽从乡下生长但已离开的时间太久，我所有的乡下印象，已早融化到那都市印象上面了。到这来了又得叔远两弟兄的妈把我当作一个从远处归来的儿子看待，从一种富厚慈善的乡下老太太心中出来的母性体贴，只使我自己俨然是可以到此就得永久住下去的趋势。我想我这个冬天，真过一个好运的年了。

叔远见我正在想什么，又自笑，就问我笑的缘故是什么。

"我想我今年过了一个顶舒服的年，到这来，得你娘把我待得运样好，运气太好就笑了。"

"娘还怕你因为一茂进城会感到寂寞，所以又偷偷教我告我大哥，一到十几就派人把一茂送来的。"

一茂是叔远大哥的儿子。一个九岁的可爱结实的孩子。聪明到使人只想在他脸上轻轻地拧掐。因为叔远大哥是在离此四十五里的县城里住，所以留下他来陪我玩。在一茂进城以前，我便是同一茂一床睡。日里一茂叔远同我三人便像野猫各处跑。一茂照例住乡不久又得进城去跟他的妈同爹住一阵，所以昨天就为人接进城了。如今听到叔远说是他娘还搭信要一茂早点来，我想因为我来此，把人母子分开，就非常不安。

我说："再请为我写一信到你大哥处去，让一茂在城里久玩玩，莫让嫂嫂埋怨你大哥，说是老远一个客来分开他们母子！"

叔远就笑着摇头，说是那不成。一茂因为你来就不愿进城。你还得趁今年为他学完《聊斋》！

我想就因了一茂这乖孩子，我心中纵有不安，也得在这个乡里多待一月了。

一竹筒栗子，我们不知不觉就已吃完了。望到窗边雪还是不止。叔远恐怕我起床时冷，又为加上两段炭。

栗子吃完我当然得起身了，爬起来抓取我那棉袄子。

"那不成。"叔远回头就把我挂在床架上的衣取到远处去，"时候早得很，你不听听不是还不曾有人打梆子卖糕声音吗？卖糕的不来，我不准你起来。炭才加上，让它燃好再起身。"

"我们可以到外面去玩。"望到雪，我委实慌了。

"那时间多着。让我再拿一点家伙来吃吃。我就来，你不准起身，不然我不答应。"

叔远于是就走出去了。耳朵听到他的脚步踏在雪里沙沙的声音渐远去了。我先是照着他嘱咐，就侧面睡下，望到那窗外雪片的飘扬。等一会，叔远还不来。雪是像落得更大。听到比邻人家妇人开门对雪惊诧的声音，又听到屋后树枝积雪卸下的声音，又听到远远的鸡叫，要我这样老老实实地安睡享棉被中福，是办不到的事了。

火盆中新加的白炭，为其他的炽炭所炙着，剥剥爆着响，像是在催我，我决定要起床了。

然而听到远远院子的那端，有着板鞋踏雪的声音，益近到我住的这房子，恐怕叔远抖那小脾气，就仍然规规矩矩平睡到床上。声音在帘外停止了。过了一会不作声，只听到为寒气侵袭略重的呼吸。

一个妇人的日记

题目是《一个妇人的日记》，接着写——

四月十三日，天晴。

周娘早上来，借去熨斗一个。母亲问她是儿子好了么？说是不呢。借熨斗去就是为傩傩缝新衣。因为亲家那边愿意送三妹儿过来冲喜。又，前次光兴师傅为到天王庙许下的红衣，时间也到了，病虽不曾好，总得把愿许了下来，因此到蔡太太家借得六十吊钱，三分息，拿来缝衣。那老妇人也怪可怜，傩傩倒在床上不起，什么事都得一个人去做。

半日后，得四弟来信，一个人还在南京。生活很好，母亲听了很高兴，饭似乎是多吃了半碗儿。

四弟同时寄了一本《妇女杂志》，还有两份报。

"大嫂在家中无多事，可以看点书，莫把往日所能写的一笔字荒疏，要什么帖，这里都可得。万一将来还寻得出升学机会，则大嫂再到学校去念两年书，也不算很迟。……"照四弟的话，把半年来不曾动过的笔砚取出来学写日记；还不知能继续到几时？

晚上看报，把时事念给母亲听了。母亲说是人老了，不知道眼以外的事，也省得许多麻烦。但听到北京做总统都无人时，又说应该把住在什么天津租界内的宣统皇帝请去，也好乘到没有入土以前看看前清那种太平景象，享一点如今真无从享的清闲福。老一辈人哪明白今天的事。

四月十四日，雨。

早上在床还不知道外面落了雨，想把母亲那霉了的袄子晒晒，谁知雨大约是在天亮以前就落起，不大，所以瓦上不听到响，枧筒里也无檐溜，到起身时，雨是落得厌了。

母亲也不知，还拟请老向媳妇来家洗帐子。到后说及都好笑。

在吃早饭时雨是止了，天也像待要放晴的样子，很明。无事可做，为母亲念了一会报，把副刊上四弟的诗也读给母亲听。

"新诗我不知是说些什么，也亏他作呢。"母亲笑笑地说，听见四弟会作诗，心里是高兴了。

四弟寄这些来大约也就是要母亲高兴。

四弟作诗不用韵，句子不整齐，但又不像词，读来是也还像好的，但好处我就说不出。

雨在十二点前一直落到上灯都不见休息，母亲比平时略早一点就睡了。

看了一会《妇女杂志》，又丢到一旁了。很倦却不能眠，想了些什么，听着极其低微的雨点打落的声音，到十一点以后。

四月十五日，上半日雨，晚晴。

不知在什么时候雨大了，在床上就可以听到活活流着的枧水了。

早上用白菜煮稀饭吃。母亲说极好，要晚上又做。

大姨来，带了一篮子粑粑。昨天为七妹满十岁打了禄，大姨怕母亲又送礼，所以不报母亲去吃饭，今日把粑粑送来。

"怎不引七妹来呢？"

"雨大，不然也是争着要来！"

"大姨是怕我送不起礼，所以为七妹打禄也不告我么？"

"哪里！"大姨把脸掉向我，"你看，你婆婆就只是那么一味冤枉人！"

"母亲说得对，大姨恐我们费不起，就连为七妹满十岁打禄也瞒过了。"

"哎哟，哎哟，你两娘母是那样来冤我！你是不应当帮着婆婆来对付你大姨的！"

到后来是大家都笑了。

大姨去时，母亲执意要我把那一串五百制钱放在大姨篮里去。这样的制钱，在如今是见不着的东西了，母亲钱柜却还收藏有七八串。遇到逢年过节，就用红绳子穿好，每一百为一小串，来打发那些到家拜年的小孩。

"妹，你体谅一下老婆子罢，我还要到别处去看看，那么重的东西，会把你大姨骨头也压疼！"

大姨把钱置放在琴凳上就走了。母亲说明日将打发向嫂送来。

快要到天黑时，天上的云忽然红起来了。母亲说这时天上必有虹。但除了一片花霞在镶了边的黑灰色云里，很快地为薄暮烟霭吞吃外，我什么都不见。

照母亲的意思，在灯下把给四弟的信写就。母亲去睡了，在信后我加了下面的几句话。

四弟：我信你的话，当真是作鼓正金地在每日写日记了。

只是读书太少，从前的又荒疏太久了，许多字就写不出，且不知道记些什么为好。写日记就能帮助我做文章的进步么？

我是用不到做文章的，但有时心烦，也想写得出时写一点什么感想之类在日记上，好留给他日自己看。你寄来的书收到了，希望以后再多寄一点。把你作的诗念与母亲听，她真高兴！你是知道许多事情，比我高明多少倍的，看是怎样好，就怎样指示我，我也好来努点力。……四弟的像似乎比去年出门时胖了一点，到明年，又到他哥哥那么年龄了。母亲还不为他订婚。其实四弟在外面纵是得了一个什么女人，未必又比母亲眼睛下选择的好。他又并不反对在家中订婚，只说是在外事业不佳所以不提起这事。不知母亲意思何如。难道是因为侄子隔了一层就不必怎样注意么？四弟他是一个人，小小儿孤孤零零在家中养大的，小时候的教养，母亲都不辞烦琐去照料，这事何以反而任他？我不懂母亲的意思。

四月十六日，晴。

得了一个可伤的梦。像是在别一处，又像是在黄土坡的旧家，见到直卿从外面来，忘了他是已死。

直卿仍然是笑着嚷着，一见我就近身来……"你有过好久都不刮脸，你看你胡子都刺人了！"

他只是笑。

"怎不说话？"

我这时忽然又记起他是死过一次，所以忽然害怕，往里就走，遇到家里的爹，告爹说适间见着直卿，瘦了一点，还是旧模样，爹就跑出去追他，……醒了，追想着很分明的梦境，就哭了。

听更声还只转五点。以后也没有再睡，就在床上回味着那笑着嚷着的直卿的脸相。哭是今年第一回。

头只是昏沉，怕母亲知道，还是先母亲起床。

母亲于早饭后到南门坪去看周娘家傩傩，拿了昨日大姨送来粑粑的一半。母亲刚出门，义成铺子里即送来十斤茶油，告他没有钱，老太太不在家呢，那伢仔说不要紧，连坛子放下就走了。晚上母亲回，才知道是母亲从铺前过身时订下的。

母亲说拿五斤为四弟炸菌油，遇到好菌子时就办。

文鉴同他娘于下半日来坐了一回，又谈了一阵近来四弟的情形。

"我可以为他做个媒，廖家桥张家亲戚那大妹乖极了！"

"你下次来试和我妈谈谈吧。"

"那大妹真好，样子脾气都配得上四弟。我文鉴是太小，不然我是将留到自己做媳妇用，谁还愿意帮别人做媒？"

我怂恿着她，要她等另一次试同母亲去谈谈，她答应了。

走时把大姨送来那粑粑取十多个送文鉴，两娘儿就去了。文鉴小小的就非常懂事，也亏得他，田嫂子生到这世界上才还有点趣儿。若我的碧碧没有死，则七月初五是五岁了，不知又是如何地乖，母亲又是如何地惯恃。……这也是命。

听到外面吹小唢呐，要帮工张嫂把那四只小公鸡都捉去阉了，二十文一只，一共是八个铜元。母亲回时说是应得关到笼里去，不然它一吃了水，将来又会咯咯咯开叫了。告母亲粑粑又去了一半，母亲说我们又都不大欢喜吃糯米食，正好明天谁来都送去，免得发霉。

院子里那一盆慈菇，经了雨，叶子更其绿得可怜了，上旬数是九匹叶子，如今是十四匹。月季忘了收拾，开着的热热闹闹的花都给雨打落了。人也是这样，一阵暴风雨吹到心上来，颜色也会在很快的时间中就摧残憔悴得不成样子的；慈菇般的心肠呢，因此会使叶子更加肥壮。

今天日记写下了许多，像这样记下去，到年底真会有颇厚的一本了，也是可喜的事。

牛

　　有这样事情发生，就是桑溪荡里住，绰号大牛伯的那个人，前一天居然在荞麦田里，同他的耕牛为一点小事生气，用木榔槌打了那耕牛后脚一下。这耕牛在平时仿佛是他那儿子一样，纵是骂，也如骂亲生儿女，在骂中还不少爱抚的。

　　但是脾气一来不能节制自己，随意敲了一下，不平常的事此因就发生了。当时这主人还不觉得，第二天，再想放牛去耕那块工作未完事的荞麦田，牛不能像平时很大方地那么走出栏外了。牛后脚有了毛病，就因为昨天大牛伯主人那么不知轻重在气头下一榔槌的结果。

　　大牛伯见牛不济事，有点手脚不灵便了，牵了牛系在大坪里的木桩上，蹲到牛身下去，扳了那牛脚看。他这样很温和地检查那小牛，那牛仿佛也明白了大牛伯心中已认了错，记起过去两人的感情了，就回头望到主人，眼中凝了泪，非常可怜地似乎想同大牛伯说一句有主奴体裁的话，这话意思是，"大爹，我不冤你，平素你待我很好，你打了我把我脚打坏，是昨天的事，如今我们讲和了。我只一点儿不方便，过两天就会好的。"

　　可是到这意思为大牛伯看出时，他很狡猾地用着习惯的表情，闭了一下左眼。

他不再摩抚那只牛脚了。他站起来在牛的后臀上打了一拳，拍拍手说，"坏东西，我明白你。你会撒娇，好聪明！从什么地方学来的，打一下就装走不动路？

你必定是听过什么故事，以为这样当家人就可怜你了，好聪明！我看你眼睛，就知道你越长心越坏了。平时干活就不肯好好地干，吃东西也不肯随便，这脾气是我都没有的脾气！"

主人说过很多聪明的话语后，就走到牛头前去，当面对牛，用手指戳那牛额头，"你不好好地听我管教，我还要打你这里一下，在右边。这里，左边也得打一下。我们村小孩不上学，老师有这规矩，打了手心，还要向孔夫子拜，向老师拜，不许哭。你要哭吗？坏东西呀！你不知道这几天天气正好吗？你不明白五天前天上落的雨是为天上可怜我们，知道我们应当种荞麦了，为我们润湿土地好省你的气力吗？……"

大牛伯一面教训他的牛，一面看天气。天气实在太好了，就仍然扛了翻犁，牵了那被教训过一顿据说是撒娇偷懒的牛，到田中去做事。牛虽然有意同他主人讲和，当家也似乎看清楚了这一点，但实在是因为天气太好，不做事可不行，所以到后那牛就仍然瘸着在平田中拖犁，翻着那为雨润湿的土地了。大牛伯虽然是像管教小学生那么管束到他那小牛，仍然在它背上加了犁的轭，但是人在后面，看到牛一瘸一拐地一句话不说地向前奔时，心中到底不能节制自己的悲悯，觉得自己做事有点任性，不该那么一下了。他也像做父亲的所有心情，做错了事表面不服输，但心中究竟过意不去，于是比平时更多用了一些力，与牛合作，让大的汗水从太阳角流到脸上，也比平时少骂那牛许多——在平时，这牛是常常因为觑望了别处风景或过路人，转身稍迟，大牛伯就创作出无数稀奇古怪的字眼来辱骂过它的。天下事照例是这样，要求人了解，再没有比"沉默"这一件事为合适了。

有些人总以为天生了人的口，就是为说话用，有心事，说话给人听，人就了解了。

其实如果口是为说话才用得着，那么大牛小鸟全有口，大的口已经有那么大，说"大话"也够了，为什么又不去做官，又不去演讲呢？并且说"小话"，小鸟也永远赶不上人。这些事在牛伯的见解下是不会错的。

在沉默中他们才能互相了解，这是一定的，如今的大牛伯同他的小牛，友谊就成立在这无言中。这时那牛一句话不说，也不呻唤，也不嚷痛，也不说"请大爹赏一点药或补几个药钱"（如果是人，他必定有这样正当的于自己有利益的要求的）。这牛并且还不说"我要报仇，非报仇不可"那样恐吓主人的话语，就是态度也缺少这种切齿的不平。它只是仍然照老规矩做事，十分忠实地用力拖犁，使土块翻起。它嗅着新土的清香气息。它的努力在另一些方法上使主人感到了。

它喘着气，因为脚跟痛苦走时没有平时灵便。但它一个字不说，它"喘气"却完全不"叹气"。到后大牛伯的心完全软了。他懂得它的一切，了解它，不必靠那只供聪明人装饰自己的言语。

不过大牛伯心一软，话也说不出了。他如说，"朋友，是我的错。"也许那牛还疑心这是谎话，这谎话一则是想用言语把过错除去，一则是谎它再发狠做事。

人与人是常常有这样事情的，并不止牛可以这样多疑。他若说，"已经打过了，也无办法，我是主人，虽然是我的任性，也多半是你的服务不十分尽力，我们如今两抵，以后好好生活吧。"这样说，牛若听得懂他的话，牛也是不甘心的。

因为它是常常自信已尽过了所能尽的力，一点不敢怠惰，至于报酬，又并不争论，主人假若是有人心，自己就不至于挨一榔槌的。并且用家伙殴打，用言语抚慰，这样的事别的不能证明，只恰恰证明了人类做老爷主子的不老实罢了。

他们会说话，用言语装饰自己的道德仁慈，又用言语作惠，虽惠不费。如今的牛是正因为主人一句话不说，不引咎自责，不辩解，也不假托这事是吃醉了酒以后发生的不幸，明白了主人心情的。有些人是常常用"醉酒"这样字言做过一切岂有此理坏事的。他只是一句话不说，仍然同牛在田中来回地走，仍然嘘嘘地督促到它转弯，仍然用鞭打牛背。但他昨天所做的事使他羞惭，特别地用力推犁，又特别表示在他那照例的鞭子上。他不说这罪过是谁想明白这责任，他只是处处看出了它的痛苦，而同时又看到天气。

"我本来愿意让你休息，全是因为下半年的生活才不能不做事。"这种情形他不说话也被他的牛看出了的。但他们真的已讲和了。

犁了一块田，他同那牛停顿在一个地方，释了牛背上的轭，他才说话。

他说，"我这人老了，人老了就要做蠢事。我想你玩半天，养息一会，就会好的，你说是不是？"小牛无意见可说，望着天空，头上正有一只喜鹊飞过去。

他就让牛在有水草的沟边去玩，吃草饮水，自己坐到犁上想事情。他的的确确是打量他的牛明天就会全好了的。他还没有把荞麦下田，就计算到新荞麦上市的价钱。他又计算到别的一些事情，这些事情说起来全都近于很平常的。他打火镰吸烟，边吸烟边看天。天蓝得怕人，高深无底，白云散布四方，白日炙人，背上如春天。这时是九月，去真的春天不远。

那只牛，在水边站了一会，水很清冷，草是枯草，它脚有苦痛，这忠厚动物工作疲倦了，它到后躺在斜坡下坪中睡了。它被太阳晒着，非常舒服地做了梦。

梦到大爹穿新衣，它自己则角上缠红布，两个大步地从迎春的寨里走出，预备回家。这是一只牛所能做的最光荣的好梦，因为这梦，不消说它就把一切过去的事全忘了，把脚上的痛处也忘了。

正午，山上寨子有鸡叫了，大牛伯牵他的牛回家。

回家时，它看到他主人似乎很忧愁，明白是它走路的跛足所致。它曾小心地守着老规矩好好走路，它希望它的脚快好，就是让凶恶不讲道理的兽医揉搓一阵也很愿意。

他呢，的确是有点忧愁了，就因为那牛休息时，侧身睡到草坪里，他看到它那一只被木榔槌所敲打过的腿时时抽缩着，似乎不是一天两日自然会好的事，又看到同那牛合作所犁过的田，新翻起的土壤如开花，于是为一种不敢去猜想的未来事吓呆了，"万一……？"

那么，荞麦价不与自己相干了，一切皆将不与自己相干了。

静

春天日子是长极了的。长长的白日，一个小城中，老年人不向太阳取暖就是打瞌睡，少年人无事做时皆在晒楼或空坪里放风筝。天上白白的日头慢慢地移着，云影慢慢地移着，什么人家的风筝脱线了，各处便都有人仰了头望到天空，小孩子都大声乱嚷，手脚齐动，盼望到这无主风筝，落在自己家中的天井里。

女孩子岳珉年纪约十四岁左右，有一张营养不良的小小白脸，穿着新上身不久长可齐膝的蓝布袍子，正在后楼屋顶晒台上，望到一个从城里不知谁处飘来的脱线风筝，在头上高空里斜斜地溜过去，眼看到那线脚曳在屋瓦上，隔壁人家晒台上，有一个胖胖的妇人，正在用晾衣竹竿乱捞。身后楼梯有小小声音，一个小男孩子，手脚齐用地爬着楼梯，不一会，小小的头颅就在楼口边出现了。小孩子怯怯的，贼一样的，转动两个活泼的眼睛，不即上来，轻轻地喊女孩子。

"小姨，小姨，婆婆睡了，我上来一会儿好不好？"

女孩子听到声音，忙回过头去。望到小孩子就轻轻地骂着，"北生，你该打，怎么又上来？等会儿你姆妈就回来了，不怕骂吗？"

"玩一会儿。你莫声，婆婆睡了！"小孩重复地说着，神气十分柔和。

女孩子皱着眉吓了他一下，便走过去，把小孩援上晒楼了。

这晒楼原如这小城里所有平常晒楼一样，是用一些木枋，疏疏地排列到一个木架上，且多数是上了点年纪的。上了晒楼，两人倚在朽烂发霉摇摇欲坠的栏杆旁，数天上的大小风筝。晒楼下面是斜斜的屋顶，屋瓦疏疏落落，有些地方经过几天春雨，都长了绿色霉苔。屋顶接连屋顶，晒楼左右全是别人家的晒楼。有晒衣服被单的，把竹竿撑得高高的，在微风中飘飘如旗帜。晒楼前面是石头城墙，可以望到城墙上石罅里植根新发芽的葡萄藤。晒楼后面是一道小河，河水又清又软，很温柔地流着。河对面有一个大坪，绿得同一块大毡茵一样，上面还绣的有各样颜色的花朵。大坪尽头远处，可以看到好些菜园同一个小庙。菜园篱笆旁的桃花，同庵堂里几株桃花，正开得十分热闹。

日头十分温暖，景象极其沉静，两个人一句话不说，望了一会天上，又望了一会河水。河水不像早晚那么绿，有些地方似乎是蓝色，有些地方又为日光照成一片银色。对岸那块大坪，有几处种的有油菜，菜花黄澄澄的如金子。另外草地上，有从城里染坊中人晒的许多白布，长长地卧着，用大石块压着两端。坪里也有三个人坐在大石头上放风筝，其中一个小孩，吹一个芦管唢呐，吹各样送亲嫁女的调子。另外还有三匹白马，两匹黄马，没有人照料，在那里吃草，从从容容，一面低头吃草一面散步。

小孩北生望到有两匹马跑了，就狂喜地喊着："小姨，小姨，你看！"小姨望了他一眼，用手指指楼下，这小孩子懂事，恐怕下面知道，赶忙把自己手掌掩到自己的嘴唇，望望小姨，摇了一摇那颗小小的头颅，意思像在说："莫说，莫说。"

两个人望到马，望到青草，望到一切，小孩子快乐得如痴，女孩子似乎想到很远的一些别的东西。

他们是逃难来的，这地方并不是家乡，也不是所要到的地方。母亲，大嫂，姐姐，姐姐的儿子北生，小丫头翠云一群人中，就只五岁大的北生是男子。糊糊涂涂坐了十四天小小篷船，船到了这里以后，应当换轮船了，一打听各处，才知道××城还在被围，过上海或过南京的船车全已不能开行。

到此地以后，证明了从上面听来的消息不确实。既然不能通过，回去也不是很容易的，因此照妈妈的主张，就找寻了这样一间屋子权且居住下来，打发随来的兵士过宜昌，去信给北京同上海，等候各方面的回信。在此住下后，妈妈同嫂嫂只盼望宜昌有人来，姐姐只盼望北京的信，女孩岳珉便想到上海一切。她只希望上海先有信来，因此才好读书。若过宜昌同爸爸住，爸爸是一个军部的军事代表。哥哥也是个军官，不如过上海同教书的二哥同住。可是××一个月了还打不下。

谁敢说定，什么时候才能通行？几个人住此已经有四十天了，每天总是要小丫头翠云作伴，跑到城门口那家本地报馆门前去看报，看了报后又赶回来，将一切报上消息，告给母亲同姐姐。几人就从这些消息上，找出可安慰的理由来，或者互相谈到晚上各人所做的好梦，从各样梦里，卜取一切不可期待的佳兆。母亲原是一个多病的人，到此一月来各处还无回信，路费剩下来的已有限得很，身体原来就很坏，加之路上又十分辛苦，自然就更坏了。女孩岳珉常常就想到："再有半个月不行，我就进党务学校去也好吧。"那时,党务学校十四岁的女孩子的确是很多的。一个上校的女儿有什么不合适?一进去不必花一个钱,六个月毕业后,派到各处去服务,还有五十块钱的月薪。这些事情,自然也是这个女孩子,从报纸上看来,保留到心里的。

正想到党务学校的章程,同自己未来的运数,小孩北生耳朵很聪锐,因恐怕外婆醒后知道了自己私自上楼的事,又说会掉到水沟里折断小手,已听到了楼下外婆咳嗽,就牵小姨的衣角,轻声地说:"小姨,你让我下去,大婆醒了!"原来这小孩子一个人爬上楼梯以后,下楼时就不知道怎么办了的。

女孩岳珉把小孩子送下楼以后,看到小丫头翠云正在天井洗衣,也就蹲到盆边去搓了两下,觉得没什么趣味,就说:"翠云,我为你楼上去晒衣罢。"拿了些扭干了水的湿衣,又上了晒楼。一会儿,把衣就晾好了。

这河中因为去桥较远,为了方便,还有一只渡船,这渡船宽宽的如一条板凳,懒懒的搁在滩上。可是路不当冲,这只渡船除了染坊中人晒布,同一些工人过河挑黄土,用得着它以外,常常半天就不见一个人过渡。守渡船的人,这时正躺在大坪中大石块上睡觉。那船在太阳下,灰白憔悴,也如十分无聊十分倦怠的样子,浮在水面上,慢慢地在微风里滑动。

"为什么这样清静?"女孩岳珉心里想着。这时节,对河远处却正有制船工人,用钉锤敲打船舷,发出乒乒乓乓的声音。还有卖针线飘乡的人,在对河小村镇上,摇动小鼓的声音。声音不断地在空气中荡漾,正因为这些声音,却反而使人觉得更加分外寂静。

过一会，从里边有桃花树的小庵堂里，出来了一个小尼姑，戴黑色僧帽，穿灰色僧衣，手上提了一个篮子，扬长地越过大坪向河边走来。这小尼姑走到河边，便停在渡船上面一点，蹲在一块石头上，慢慢地卷起衣袖，各处望了一会，又望了一阵天上的风筝，才从容不迫地，从提篮里取出一大束青菜，一一地拿到面前，在流水里乱摇乱摆。因此一来，河水便发亮地滑动不止。又过一会，从城边岸上来了一个乡下妇人，在这边岸上，喊叫过渡，渡船夫上船抽了好一会篙子，才把船撑过河，把妇人渡过对岸，不知为什么事情，这船夫像吵架似的，大声地说了一些话，那妇人一句话不说就走去了。跟着不久，又有三个挑空箩筐的男子，从近城这边岸上唤渡，船夫照样缓缓地撑着竹篙，这一次那三个乡下人，为了一件事，互相在船上吵着，划船的可一句话不说，一摆到了岸，就把篙子钉在沙里。不久那六只箩筐，就排成一线，消失到大坪尽头去了。

散　文

街

　　有个小小的城镇，有一条寂寞的长街。

　　那里住下许多人家，却没有一个成年的男子。因为那里出了一个土匪，所有男子便都被人带到一个很远很远的地方去，永远不再回来了。他们是五个十个用绳子编成一连，背后一个人用白木梃子敲打他们的腿，赶到别处去作军队上搬运军火的案子的。他们为了"国家"应当忘了"妻子"。

　　大清早，各个人家从梦里醒转来了。各个人家开了门，各个人家的门里，皆飞出一群鸡，跑出一些小猪，随后男女小孩子出来站在门槛上撒尿，或蹲到门前撒尿，随后便是一个妇人，提了小小的木桶，到街市尽头去提水。有狗的人家，狗皆跟着主人身前身后摇着尾巴，也时时刻刻照规矩在人家墙基上抬起一只腿撒尿，又赶忙追到主人前面去。这长街早上并不寂寞。

　　当白日照到这长街时，这一条街静静的像在午睡，什么地方柳树桐树上有新蝉单纯而又倦人声音，许多小小的屋里，湿而发霉的土地上，头发干枯脸儿瘦弱的孩子们，皆蹲在土地上或伏在母亲身边睡着了。做母亲的全按照一个地方的风气，当街坐下，织男子们束腰用的板带过日子。用小小的木制手机，固定在房角一柱上，伸出憔悴的手来，敏捷地把手中犬骨线板压着手机的一端，退着粗粗的棉线，一面用一个棕叶刷子为孩子们拂着蚊蚋。带子成了，便用剪子修理那些边沿，等候每五天来一次的行贩，照行贩所定的价钱，把已成的带子收去。

许多人家门对着门，白日里，日头的影子正正的照到街心不动时，街上半天还无一个人过身。每一个低低的屋檐下人家里的妇人，各低下头来赶着自己的工作，做倦了，抬起头来，用疲倦忧愁的眼睛，张望到对街的一个铺子，或见到一条悬挂到屋檐下的带样，换了新的一条，便仿佛奇异的神气，轻轻地叹着气，用犬骨板击打自己的下颌，因为她一定想起一些事情，记忆到由另一个大城里来的收货人的买卖了。她一定还想到另外一些事情。

有时这些妇人把工作停顿下来，遥遥地谈着一切。最小的孩子饿哭了，就拉开衣的前襟，抓出枯瘪的乳头，塞到那些小小的口里去。她们谈着手边的工作，谈着带子的价钱和棉纱的价钱，谈到麦子和盐，谈到鸡的发瘟，猪的发瘟。

街上也常常有穿了红绸子大裤过身的女人，脸上抹胭脂擦粉，小小的髻子，光光的头发，都说明这是一个新娘子。到这时，小孩子便大声喊着看新娘子，大家完全把工作放下，站到门前望着，望到看不见这新娘子的背影时才重重地换了一次呼吸，回到自己的工作凳子上去。

街上有时有一只狗追一只鸡，便可以看见一个妇人持了一长长的竹子打狗的事情，使所有的孩子们都觉得好笑。长街在日里也仍然不寂寞。

街上有时什么人来信了，许多妇人皆争着跑出去，看看是什么人从什么地方寄来的。她们将听那些识字的人，念信内说到的一切。小孩子们同狗，也常常凑热闹，追随到那个人的家里去，那个人家便不同了。但信中有时却说到一个人死了的这类事，于是主人便哭了。于是一切不相干的人，围聚在门前，过一会，又即刻走散了。这妇人，伏在堂屋里哭泣，另外一些妇人便代为照料孩子，买豆腐，买酒，买纸钱，于是不久大家都知道那家男人已死掉了。

街上到黄昏时节，常常有妇人手中拿了小小的筐箩，放了一些米，一个蛋，低低地喊出了一个人的名字，慢慢地从街这端走到另一端去。这是为不让小孩子夜哭发热，使他在家中安静的一种方法，这方法，同时也就娱乐到一切坐到门边的小孩子。长街上这时节也不寂寞的。

黄昏里，街上各处飞着小小的蝙蝠。望到天上的云，同归巢还家的老鸹，背了小孩子们到门前站定了的女人们，一面摇动背上的孩子，一面总轻轻地唱着忧郁凄凉的歌，娱悦到心上的寂寞。

"爸爸晚上回来了，回来了，因为老鸹一到晚上也回来了！"

远处山上全紫了，土城擂鼓起更了，低低的屋里，有小小油灯的光，为画出屋中的一切轮廓，听到筷子的声音，听到碗盏磕碰的声音……但忽然间小孩子又哇的哭了。

爸爸没有回来。有些爸爸早已不在这世界上了，但并没有信来。有些临死时还忘不了家中的一切，便托便人带了信回来。得到信息哭了一整夜的妇人，到晚上便把纸钱放在门前焚烧。红红的火光照到街上下人家的屋檐，照到各个人家的大门。见到这火光的孩子们，也照例十分欢喜。长街这时节也并不寂寞。

阴雨天的夜里，天上漆黑，街头无一个街灯，狼在土城外山嘴上嗥着，用鼻子贴近地面，如一个人的哭泣，地面仿佛浮动在这奇怪的声音里。什么人家的孩子在梦里醒来，吓哭了，母亲便说："莫哭，狼来了，谁哭谁就被狼吃掉。"

卧在土城上高处木棚里老而残废的人，打着梆子。这里的人不须明白一个夜里有多少更次，且不必明白半夜里醒来是什么时候。那梆子声音，只是告给长街上人家，狼已爬进土城到长街，要他们小心一点门户。

一到阴雨的夜里，这长街更不寂寞，因为狼的争斗，使全街热闹了许多。冬天若夜里落了雪，则早早的起身的人，开了门，便可看到狼的脚迹，同糍粑一样印在雪里。

市　集

　　廉纤的毛毛细雨，在天气还没有大变以前欲雪未能的时节，还是霏霏微微落将不来。一个小小乡场，位置在又高又大陡斜的山脚下，前面濒着㶚㶚儿的河，被如烟如雾雨丝织成的帘幕，一起把它蒙罩着了。

　　照例的三八市集，还是照例的有好多好多乡下人，小田主，买鸡到城里去卖的小贩子，花幞头大耳环丰姿隽逸的苗姑娘，以及一些穿灰色号褂子口上说是来察场讨人烦腻的副爷们，与穿高筒子老牛皮靴的团总，各从附近的乡村来做买卖。他们的草鞋底半路上带了无数黄泥浆到集上来，又从场上大坪坝内带了不少的灰色浊泥归去。去去来来，人也数不清多少。

　　集上的骚动，吵吵闹闹，凡是到过南方（湖湘以西）乡下的人，是都会知道的。

　　倘若你是由远远的另一处地方听着，那种喧嚣的起伏，你会疑心到是滩水流动的声音了！

　　这种洪壮的潮声，还只是一般做生意人在讨论价钱时很和平的每个论调而起。就中虽也有遇到卖牛的场上几个人像唱戏黑花脸出台时那么大喊大嚷找经纪人，也有因秤上不公允而起口角——你骂我一句娘，我又骂你一句娘，你又骂我一句娘……然而究竟还是因为人太多，一两桩事，实在是万万不能做到的！

卖猪的场上，他们把小猪崽的耳朵提起来给买主看时，那种尖锐的嘶喊声，使人听来不愉快至于牙齿根也发酸。

卖羊的场上，许多美丽驯服的小羊儿咩咩地喊着。一些不大守规矩的大羊，无聊似的，两个把前蹄举起来，作势用前额相碰。大概相碰是可以驱逐无聊的，所以第一次訇的碰后，却又作势立起来为第二次预备。牛场却单独占据在场左边一个大坪坝，因为牛的生意在这里占了全部交易四分之一以上。那里四面搭起无数小茅棚（棚内卖酒卖面），为一些成交后的田主们喝茶喝酒的地方。那里有大锅大锅煮得"稀糊之烂"的牛脏类下酒物，有大锅大锅香喷喷的肥狗肉，有从总兵营一带担来卖的高粱烧酒；也还有城里馆子特意来卖面的。假若你是城里人来这里卖面，他们因为想吃香酱油的缘故，都会来你馆子，那么，你生意便比其他铺子要更热闹了。

到城里时，我们所见到的东西，不过小摊子上每样有一点罢了！这里可就大不相同。单单是卖鸡蛋的地方，一排一排地摆列着，满箩满筐地装着，你数过去，总是几十担。辣子呢，都是一屋一屋搁着。此外干了的黄色草烟，用为染坊染布的五倍子和栎木皮，还未榨出油来的桐茶子，米场白镪白镪了的米，屠桌上大只大只失了脑袋刮得净白的肥猪，大腿大腿红腻腻还在跳动的牛肉……都多得怕人。

不大宽的河下，满泊着载人载物的灰色黄色小艇，一排排挤挤挨挨地相互靠着也难于数清。

集中是没有什么系统制度。虽然在先前开场时，总也有几个地方上的乡约伯伯，团总，守汛的把总老爷，口头立了一个规约，卖物的照着生意大小缴纳千分之几——或至万分之几，但也有百分之几——的场捐，或经纪佣钱，棚捐，不过，假若你这生意并不大，又不需经纪人，则不须受场上的的拘束，可以自由贸易了。

到这天，做经纪的真不容易！脚底下笼着他那双厚底高筒的老牛皮靴子（米场的），为这个爬斗；为那个倒箩筐。（牛羊场的）一面为这个那个拉拢生意，身上让卖主拉一把，又让买主拉一把；一面又要顾全到别的地方因争持时闹出岔子的调排，委实不是好玩的事啊！大概他们声音都略略嚷得有点嘶哑，虽然时时为别人扯到馆子里去润喉。不过，他今天的收入，也就很可以酬他的劳苦了。

　　…………
　　…………

因为阴雨，又因为做生意的人各都是在另一个村子里住家，有些还得在散场后走到二三十里路的别个乡村去；有些专靠漂场生意讨吃的还待赶到明天那个场上的生意，所以散场很早。

不到晚炊起时，场上大坪坝似乎又觉得宽大空阔起来了！……再过些时候，除了屠桌下几只大狗在啃嚼残余因分配不平均在那里不顾命地奋斗外，便只有由河下送来的几声清脆篙声了。

归去的人们，也间或有骑着家中打筛的雌马，马项颈下挂着一串小铜铃叮叮当当跑着的，但这是少数；大多数还是赖着两只脚在泥浆里翻来翻去。他们总笑嘻嘻地担着箩筐或背一个大竹背笼，满装上青菜，萝卜，牛肺，牛肝，牛肉，盐，豆腐，猪肠子一类东西。手上提的小竹筒不消说是酒与油。有的拿草绳套着小猪小羊的颈项牵起忙跑；有的肩膀上挂了一个毛蓝布绣有白四季花或"福"字"万"字的褡裢，赶着他新买的牛（褡裢内当然已空）；有的却是口袋满装着钱心中满装着欢喜，——这之间各样人都有。

我们还有机会可以见到许多令人妒羡，赞美，惊奇，又美丽，又娟媚，又天真的青年老奶（苗小组）和阿女牙（苗妇人）。

鸭窠围的夜

　　天快黄昏时落了一阵雪子，不久就停了。天气真冷，在寒气中一切都仿佛结了冰。便是空气，也像快要冻结的样子。我包定的那一只小船，在天空大把撒着雪子时已泊了岸，从桃源县沿河而上这已是第五个夜晚。看情形晚上还会有风有雪，故船泊岸边时便从各处挑选好地方。沿岸除了某一处有片沙嘴宜于泊船以外，其余地方全是黛色如屋的大岩石。石头既然那么大，船又那么小，我们都希望寻觅得到一个能作小船风雪屏障，同时要上岸又还方便的处所。凡是可以泊船的地方早已被当地渔船占去了。小船上的水手，把船上下各处撑去，钢钻头敲打着沿岸大石头，发出好听的声音，结果这只小船，还是不能不同许多大小船只一样，在正当泊船处插了篙子，把当作锚头用的石碇抛到沙上去，尽那行将来到的风雪，摊派到这只船上。

　　这地方是个长潭的转折处，两岸是高大壁立千丈的山，山头上长着小小竹子，长年翠色逼人。这时节两山只剩余一抹深黑，赖天空微明为画出一个轮廓。但在黄昏里看来如一种奇迹的，却是两岸高处去水已三十丈上下的吊脚楼。这些房子莫不俨然悬挂在半空中，借着黄昏的金光，还可以把这些稀奇的楼房形体，看得出个大略。这些房子同沿河一切房子有个共通相似处，便是从结构上说来，处处显出对于木材的浪费。房屋既在半山上，不用那么多木料，便不能成为房子吗？半山上也用吊脚楼形式，这形式是必须的吗？然而这条河水的大宗出口是木料，木材比石块还不值价。因此，即或是河水永远长不到处，吊脚楼房子依然存在，似乎也不应当有何惹眼惊奇了。但沿河因为有了这些楼房，长年与流水斗争的水手，寄身船中枯闷成疾的旅行者，以及其他过路人，却有了落脚处了。这些人的疲劳与寂寞是从这些房子中可以一律解除的。地方既好看，也好玩。

河面大小船只泊定后，莫不点了小小的油灯，拉了篷。各个船上皆在后舱烧了火，用铁鼎罐煮红米饭。饭焖熟后，又换锅子熬油，哗的把菜蔬倒进热锅里去。一切齐全了，各人蹲在舱板上三碗五碗把腹中填满后，天已夜了。水手们怕冷怕动的。收拾碗盏后，就莫不在舱板上摊开了被盖，把身体钻进那个预先卷成一筒又冷又湿的硬棉被里去休息。至于那些想喝一杯的，发了烟瘾得靠靠灯，船上烟灰又翻尽了的，或一无所为，只是不甘寂寞，好事好玩想到岸上去烤烤火谈谈天的，便莫不提了桅灯，或燃一段废缆子，摇晃着从船头跳上了岸，从一堆石头间的小路径，爬到半山上吊脚楼房子那边去，找寻自己的熟人，找寻自己的熟地。陌生人自然也有来到这条河中来到这种吊脚楼房子里的时节，但一到地，在火堆旁小板凳上一坐，便是陌生人，即刻也就可以称为熟人乡亲了。

这河边两岸除了停泊有上下行的大小船只三十左右以外，还有无数在日前趁融雪涨水放下形体大小不一的木筏。较小的木筏，上面供给人住宿过夜的棚子也不见，一到了码头，便各自上岸找住处去了。大一些的木筏呢，则有房屋，有船只，有小小菜园与养猪养鸡栅栏，还有女眷和小孩子。

黑夜占领了整个河面时，还可以看到木筏上的火光，吊脚楼窗口的灯光，以及上岸下船在河岸大石间飘忽动人的火炬红光。这时节岸上船上都有人说话，吊脚楼上且有妇人在黯淡灯光下唱小曲的声音，每次唱完一支小曲时，就有人笑嚷。什么人家吊脚楼下有匹小羊叫，固执而且柔和的声音，使人听来觉得忧郁。我心中想着，"这一定是从另一处牵来的，另外一个地方，那小畜生的母亲，一定也那么固执地鸣着吧。"算算日子，再过十一天便过年了。"小畜生明不明白只能在这个世界上活过十天八天？"明白也罢，不明白也罢，这小畜生是为了过年而赶来，应在这个地方死去的。此后固执而又柔和的声音，将在我耳边永远不会消失。我觉得忧郁起来了。我仿佛触着了这世界上一点东西，看明白了这世界上一点东西，心里软和得很。

月　下

"求你将我放在你心上如印记，带在你臂上如戳记。"我念诵着雅歌来希望你，我的好人。

你的眼睛还没掉转来望我，只起了一个势，我早惊乱得同一只听到弹弓弦子响中的小雀了。我是这样怕与你灵魂接触，因为你太美丽了的缘故。

但这只小雀它愿意常常在弓弦响声下惊惊惶惶乱窜，从惊乱中它已找到更多的舒适快活了。

在青玉色的中天里，那些闪闪烁烁的星群，有你的眼睛存在：因你的眼睛也正是这样闪烁不定，且不要风吹。

在山谷中的溪涧里，那些清莹透明的出山泉，也有你的眼睛存在：你眼睛我记着比这水还清莹透明，流动不止。

我侥幸又见到你一度微笑了，是在那晚风为散放的盆莲旁边。这笑里有清香，我一点都不奇怪，本来你笑时是有种比清香还能沁人心脾的东西！

我见到你笑了，还找不出你的泪来。当我从一面篱笆前过身，见到那些嫩紫色牵牛花上负着的露珠，便想：倘若是她有什么不快事缠上了心，泪珠不是正同这露珠一样美丽，在凉月下会起虹彩吗？

我是那么想着，最后便把那朵牵牛花上的露珠用舌头舔干了。

　　怎么这人哪，不将我泪珠穿起？你必不会这样来怪我，我实在没有这种本领。我头发白的太多了，纵使我能，也找不到穿它的东西！

　　病渴的人，每日里身上疼痛，心中悲哀，你当真愿意不给渴了的人一点甘露喝？

　　这像做好事的善人一样，可怜路人的渴涸，济以茶汤。

　　恩惠将附在这路人心上，做好事的人将蒙福至于永远。

　　我日里要做工，没有空闲。在夜里得了休息时，便沿着山涧去找你。我不怕虎狼，也不怕伸着两把钳子来吓我的蝎子，只想在月下见你一面。

　　碰到许多打起小小火把夜游的萤火，问它，"朋友朋友，你曾见过一个人吗？"它说，"你找的那个人是个什么样子呢？"

　　我指那些闪闪烁烁的群星，"哪，这是眼睛。"

　　我指那些飘忽白云，"哪，这是衣裳。"

　　我要它静心去听那些涧泉和音，"哪，她声音同这一样。"

　　我末了把刚从花园内摘来的那朵粉红玫瑰在它眼前晃了一下，"哪，这是脸。"

　　这些小东西，虽不知道什么叫作骄傲，还老老实实听我所说的话。但当我问它听清白没有，只把头摇了摇就想跑。

　　"怎么，究竟见没见到呢？"——我赶着它追问。"我这灯笼照我自己全身还不够！先生，放我吧，不然，我会又要绊倒在那些不忠厚的蜘蛛设就的圈套里……虽然它也不能奈何我，但我不愿意同它麻烦。先生，你还是问别个吧，再扯着我会赶不上她们了"——它跑去了。

我行步迟钝，不能同它们一起遍山遍野去找你——但凡是山上有月色流注到的地方我都到了，不见你的踪迹。

回过头去，听那边山下有歌声飘扬过来，这歌声出于日光只能在墙外徘徊的狱中。我跑去为他们祝福：你那些强健无知的公绵羊啊！

神给了你强健却吝了知识：每日和平守分地咀嚼主人给你们的窝窝头，疾病与忧愁永不凭附于身；你们是有福了——阿们！

你那些懦弱无知的母绵羊啊！

神给了你温柔却吝了知识：每日和平守分地咀嚼主人给你们的窝窝头，失望与忧愁永不凭附于身；你们也是有福了——阿们！

世界之霉一时侵不到你们身上，你们但和平守分地生息在圈牢里：能证明你主人的恩惠——同时证明了你主人的富有；你们都是有福了——阿们！

当我起身时，有两行眼泪挂在脸上。为别人流还是为自己流呢？我自己还要问他人。但这时除了中天那轮凉月外，没有能做证明的人。

我要在你眼波中去洗我的手，摩到你的眼睛，太冷了。

倘若你的眼睛真是这样冷，在你鉴照下，有个人的心会结成冰。

小草与浮萍

　　小萍儿被风吹着停止在一个陌生的岸旁。他打着旋身睁起两个小眼睛察看这新天地。他想认识他现在停泊的地方究竟还同不同以前住过的那种不惬意的地方。他还想：——这也许便是诗人告给我们的那个虹的国度里！

　　自然这是非常容易解决的事！他立时就知道所猜的是失望了。他并不见什么玫瑰色的云朵，也不见什么金刚石的小星。既见不到一个生银白翅膀，而翅膀尖端还蘸上天空明蓝色的小仙人，更不见一个坐在蝴蝶背上，用花瓣上露颗当酒喝的真宰。他看见的世界，依然是像一盆泥鳅那么不绝地无意思骚动的世界。天空苍白灰颓同一个病死的囚犯脸子一样，使他不敢再昂起头去第二次注视。

　　他真要哭了！他于是唱着歌诉说自己凄惶的心情："侬是失家人，萍身伤无寄。江湖多风雪，频送侬来去。风雪送侬去，又送侬归来；不敢识旧途，恐乱侬行迹，……"

　　他很相信他的歌唱出后，能够换取别人一些眼泪来。在过去的时代波光中，有一只折了翅膀的蝴蝶坠在草间，寻找不着它的相恋者，曾在他面前流过一次眼泪，此外，再没有第二回同样的事情了！这时忽然有个突如其来的声音止住了他："小萍儿，漫伤嗟！同样漂泊有杨花。"

这声音既温和又清婉，正像春风吹到他肩背时一样，是一种同情的爱抚。他很觉得惊异，他想：——这是谁？为甚认识我？莫非就是那只许久不通消息的小小蝴蝶吧？或者杨花是她的女儿，……但当他抬起含有晶莹泪珠的眼睛四处探望时，却不见一个小生物。他忙提高嗓子："喂！朋友，你是谁？你在什么地方说话？"

"朋友，你寻不到我吧？我不是那些伟大的东西！虽然我心在我自己看来并不很小，但实在的身子却同你不差什么。你把你视线放低一点，就看见我了。……是，是，再低一点，……对了！"

他随着这声音才从路坎上一间玻璃房子旁发现了一株小草。她穿件旧到将褪色了的绿衣裳。看样子，是可以做一个朋友的。当小萍小眼睛转到身上时，她含笑说："朋友，我听你唱歌，很好。什么伤心事使你唱出这样调子？倘若你认为我够得上做你一个朋友，我愿意你把你所有的痛苦细细地同我讲讲。我们是同在这靠着做一点梦来填补痛苦的寂寞旅途上走着呢！"

小萍儿又哭了，因为用这样温和口气同他说话的，他还是初次入耳呢。

他于是把他往时常同月亮诉说而月亮却不理他的一些伤心事都一一同小草说了。他接着又问她是怎样过活。

"我吗？同你似乎不同了一点。但我也不是少小就生长在这里的。我的家我还记着：从不见到什么冷得打战的大雪，也不见什么吹得头痛的大风，也不像这里那么空气干燥，时时感到口渴，——总之，比这好多了。幸好，我有机会傍在这温室边旁居

096

住，不然，比你还许不如！"

他曾听过别的相识者说过，温室是一个很奇怪的东西。凡是在温室中打住的，不知道什么叫作季节，永远过着春天的生活。虽然是残秋将尽的天气，碧桃同樱花一类东西还会恣情地开放。这之间，卑卑不足道的虎耳草也能开出美丽动人的花朵，最无气节的石菖蒲也会变成异样的壮大。但他却还始终没有亲眼见到过温室是什么样子。

"呵！你是在温室旁住着的，我请你不要笑我浅陋可怜，我还不知道温室是怎么样一种地方呢。"

从他这问话中，可以见他略略有点羡慕的神气。

"你不知道却是一桩很好的事情。并不巧，我——"小萍儿又抢着问：

"朋友，我听说温室是长年四季过着春天生活的！为甚你又这般憔悴？你莫非是闹着失恋的一类事吧？"

"一言难尽！"小草叹了一口气。歇了一阵，她像在脑子里搜索什么似的，接着又说，"这话说来又长了。你若不嫌烦，我可以从头一一告诉你。我先前正是像你们所猜想的那么愉快，每日里同一些姑娘们少年们有说有笑的过日子。什么跳舞会啦，牡丹与芍药结婚啦……你看我这样子虽不怎么漂亮，但筵席上少了我她们是不欢的。有一次，真的春天到了，跑来了一位诗人。她们都说他是诗人，我看他那样子，同不会唱歌的少年并没有什么不同。我一见他那尖瘦有毛的脸嘴，就不高兴。嘴巴尖瘦并不是什么奇怪事，但他却尖得格外讨厌。又是长长的眉毛，又是崭新的绿森森的衣裳，又是清亮的嗓子，直惹得那一群不顾羞耻的轻薄骨头发颤！就中尤其是小桃，——"

"那不是莺哥大诗人吗？"照小草所说的那诗人形状，他想，必定是会唱赞美诗的莺哥了。但穿绿衣裳又会唱歌的却很多，因此又这样问。

"嘘！诗人？单是口齿伶俐一点，简直一个儇薄儿罢了！我分明看到他弃了他居停的女人，飞到园角落同海棠偷偷地去接吻。"

她所说的话无非是不满意于那位漂亮诗人。小萍儿想：或者她对于这诗人有点妒意吧！

但他不好意思将这疑问质之于小草，他们不过是新交。他只问：

"那么，她们都为那诗人轻薄了！"

"不。还有——"

"还有谁？"

"还有玫瑰。她虽然是常常含着笑听那尖嘴无聊的诗人唱情歌，但当他嬉皮涎脸地飞到她身边，想在那鲜嫩小嘴唇上接一个吻时，她却给他狠狠地刺了一下。"

"以后，——你？"

"你是不是问我以后怎么又不到温室中了吗？我本来是可以在那里住身的。因为秋的饯行筵席上，大众约同开一个跳舞会，我这好动的心思，又跑去参加了。在这当中，大家都觉到有点惨沮，虽然是明知春天终不会永久消逝。"

"诗人呢？"

"诗人早不知到什么地方去了。有些姐妹们也想，因为无人唱诗，所以弄得满席抑郁不欢。不久就从别处请了一位小小跛脚诗人来。他小得可怜，身上还不到一粒白果那么大。穿一件黑油绸短袄子，行路一跳一跳，——"

"那是蟋蟀吧？"其实小萍儿并不与蟋蟀认识，不过这名字对他很熟罢了！

"对。他名字后来我才知道的。那你大概是与他认识了！他真会唱。他的歌能感动一切，虽然调子很简单。——我所以不到温室中过冬，愿到这外面同一些不幸者为风雪暴虐下的牺牲者一道，就是为他的歌所感动呢。——看他样子那么渺小，真不值得用正眼刷一下。但第一句歌声唱出时，她们的眼泪便一起被挤出来了！他唱的是'萧条异代不同时'。这本是一句旧诗，但请想，这样一个饯行的筵席上，这种诗句如何不敲动她们的心呢？就中尤其感到伤心的是那位密司柳。她原是那绿衣诗人的旧居停。想着当日'临流顾影，婀娜丰姿'，真是难过！到后又唱到'娇艳芳姿人阿谀，断枝残梗人遗弃，……'把密司荷又弄得嚎啕大哭了。……还有许多好句子，可惜我不能一一记下，到后跛脚诗人便在我这里住下了。我们因为时常谈话，才知道他原也是流浪形成了随遇而安的脾气。——"

他想，这样的诗人倒可以认识认识，就问："现在呢？"

"他因性子不大安定，不久就又走了！"

小萍儿听到他朋友的答复，怅然若有所失，好久好久不作声。他末后又问她唱的"小萍儿，漫伤嗟，同样漂泊有杨花！"那首歌是什么人教给她的时，小草却掉过头去，羞涩地说，就是那跛脚诗人。

遥夜——一及二

一

我似乎不能上这高而危的石桥，不知是哪一个长辈曾像用嘴巴贴着我耳朵这样说过："爬得高，跌得重！"究竟这句话出自什么地方，我实不知道。

石桥美丽极了。我不曾看过大理石，但这时我一望便知道除了大理石以外再没有什么石头可以造成这样一座又高大、又庄严、又美丽的桥了！这桥搭在一条深而窄的溪涧上，桥两头都有许多石磴子；上去的那一边石磴是平斜好走的，下去的那边却陡峻笔直。我不知不觉就上到桥顶了。我很小心地扶着那用黑色明角质做成的空花栏杆向下望，啊，可不把我吓死了！三十丈，也许还不止。下面溪水大概是涸了，看着有无数用为筑桥剩下的大而笨的白色石块，懒懒散散睡了一溪沟。石罅里，小而活泼的细流在那里跳舞一般地走着唱着。

我又仰了头去望空中，天是蓝的，蓝得怕人！真怪事！为甚这样蓝色天空会跳出许许多多同小电灯一样的五色小星星来？它们满天跑着，我眼睛被它光芒闪花了。

这是什么世界呢？这地方莫非就是通常人们说的天宫一类的处所吧？我想要找一个在此居住的人问问，可是尽眼力向各方望去，除了些葱绿参天的树木，柳木根下一些嫩白色水仙花在小剑般淡绿色叶中露出圆脸外，连一个小生物——小到麻雀一类东西也不见！……或是过于寒冷了吧！不错，这地方是有清冷冷的微风，我在战栗。

但是这风是我很愿意接近的，我心里所有的委屈当第一次感受到风时便通给吹掉了！我这时绝不会想到二十年来许多不快的事情。

我似乎很满足，但并不像往日正当肚中感到空虚时忽然得到一片满涂果子酱的烤面包那么满足，也不是像在月前一个无钱早晨不能到图书馆去取暖时，忽然从小背心第三口袋里寻出一枚两角钱币那么快意，我简直并不是身心的快适，因为这是我灵魂遨游于虹的国，而且灵魂也为这调和的伟大世界溶解了！

——我忘了买我重游的预约了，这是如何令人怅惘而伤心的事！

二

当我站在靠墙一株洋槐背后，偷偷地展开了心的网幕接受那银筝般歌声时，我忘了这是梦里。

她是如何的可爱！我虽不曾认识她的面孔便知道了。她是又标致、又温柔、又美丽的一个女人，人间的美，女性的美，她都一人占有了。她必是穿着淡紫色的旗袍，她的头发必是漆黑有光，……我从她那拂过我耳朵的微笑声，攒进我心里的清歌声，可以断定我是猜想得一点不错。

她的歌是生着一对银白薄纱般翅膀的：不止能跑到此时同她在一块用一块或两三块洋钱买她歌声的那俗恶男子心中去，并且也跑进那个在洋槐背后胆小腼腆的孩子心里去了！……也许还能跑到这时天上小月儿照着的一切人们心里，借着这清冷有秋意夹上些稻香的微风。

歌声停了。这显然是一种身体上的故障，并非曲的终止。我依然靠着洋槐，用耳与心极力搜索从白花窗幕内漏出的那种继歌声以后而起的窸窣。

"口很……！"这是一种多么悦耳的咳嗽！可怜啊！这明是小喉咙倦于紧张后一种娇惰表示。想着承受这娇惰表示以后那一瞬的那个俗恶厌物，心中真似乎有许多小小花针在刺。但我并不即因此而跑开，骄傲心终战不过妒忌心呢。

"再唱个吧！小鸟儿。"像老鸟叫的男子声撞入我耳朵。这声音正是又粗暴又残忍惯于用命令式使对方服从他的金钱的玩客口中说的。我的天！这是对于一个女子，而且是这样可爱可怜的女子应说的吗？她那银筝般歌声就值不得用一点温柔语气来恳求吗？一块两三块洋钱把她自由尊贵践踏了，该死的东西！可恶的男子！

她似乎又在唱了！这时歌声比先前的好像生涩了一点，而且在每个字里，每一句里，以及尾音，都带了哭音；这哭音很易发现。继续的歌声中，杂着那男子满意高兴奏拍的掌声；歌如下：

　　　可怜的小鸟儿啊！
　　　你不必再歌了吧！

你歌咏的梦已不会再实现了。

一切都死了！

一切都同时间死去了！

使你伤心的月姐姐披了大氅，

不会为你歌声而甩去了，

同你目语的星星已嫁人了，

玫瑰花已憔悴了——为了失恋，

水仙花已枯萎了——为了失恋。

可怜的鸟儿啊！

你不必——请你不必再歌了吧！

我心中的温暖，

为你歌取尽了！

可怜的鸟儿啊！

为月，为星，为玫瑰，为水仙，为我，为一切，为爱而莫再歌了吧！

我实在无勇气继续听下去了。我心中刚才随歌声得来一点春风般暖气，已被她以后歌声追讨去了！我知道果真再听下去，定要强取我一汪眼泪去答复她的歌意。

我立刻背了那用白花窗幔幕着的窗口走去，渺渺茫茫见不到一丝光明。心中的悲哀，依然挤了两颗热泪到眼睛前来……被角的湿冷使我惊醒，歌声还在心的深处长颤。

水 车

　　"我是个水车，我是个水车"，它自己也知道是一个水车，常自言自语这样说着。它虽然有脚，却不曾自己走路，然而一个人把它推到街上去玩，倒是隔时不隔日的事。清清的早晨，不问晴雨，住在甜水井旁的宋四疤子，就把它推起到大街小巷去串门！它与在马路上低头走路那些小煤黑子推的车身份似乎有些两样，就是它走路时，像一个遇事乐观的人似的，口中总是不断地哼哼唧唧，唱些足以自赏的歌。

　　"那个煤车也快活，虽不会唱，颈脖下有那么一串能发出好听的声音的铃铛，倒足示骄于同伴！……我若也有那么一串，把来挂在颈脖下，似乎数目是四个或五个就够了，那又不！……"

　　它有时还对煤车那铃铛生了点羡慕。然而它知道自己是不应当颈脖上有铃铛的，所以它不像普通一般不安分的人，遇到失望就抑郁无聊，打不起精神。铃子虽然可爱，爱而不得时，仍不能妨碍自己的歌唱！

　　"因失望而悲哀的是傻子。"它尝想。

　　"我的歌，终日不会感到疲倦，只要四疤子肯推我。"它还那么自己宣言。

　　虽说是不息的唱，可是兴致也好像有个分寸。到天色黑下来，四疤子把力气用完了，慢慢地送它回家去休息时，看到大街头那些柱子上，檐口边，挂得些红绿圆泡泡，又不见有人吹它燃它，忽然又明，忽然又熄。

"啊啊，灯盏是这么奇异！是从天上摘来的星子同月亮……"为研究这些事情堕入玄境中，因此歌声也轻微许多了。

若是早上，那它顶高兴：一则空气早上特别好，二则早上不怕什么。关于怕的事，它说得很清楚——"除了早上，我都时时刻刻防备那街上会自己走动的大匣子。大概是因为比我多了三只脚吧，走路又不快！一点不懂人情世故，只是飞跑，走的还是马路中间最好那一段。老远老远，就喝喝子喊起来了！你让得只要稍稍慢一点，它就冲过来撞你一拐子。撞拐子还算好事。有许多时候，我还见它把别个撞倒后就毫不客气地从别个身上踩过去呢。

"幸好四疤子还能干，总能在那匣子还离我身前很远时，就推我在墙脚前歪过一边去歇气。不过有一次也就够担惊了！是上月子吧，四疤子因贪路近，回家是从辟才胡同进口，刚要进机织卫时，四疤子正和着我唱《哭长城》，猛不知从西头跑来一个绿色大匣子，先又一个不做声，到近身才咯的一下，若非四疤子把我用劲扳了下，身子会被那凶恶东西压碎了！

"那东西从我身边挨过去时，我们中间相距不过一尺远，我同四疤子都被它吓了一跳，四疤子说它是'混账东西'，真的，真是一个混账东西！那么不讲礼，横强霸道，世界上哪里有？"

早上，匣子少了许多，所以水车要少担点心，歌也要唱得有劲点。

那次受惊的事，虽说使它不宁，但因此它得了一种新知识。以先，它以为那匣子既如此漂亮，到街上跑时，又那么昂昂藏藏，一个二个雄帮帮的，必是也能像狗与文人那么自由不拘在马路上无事跑趟子，自己会走路，会向后转，转弯也很灵便的活东西，是以虽对于那凶恶神气有点愤恨，然权威的力量，也倒使它十分企慕。当一个匣子跑过身时，总啧啧羡不绝口——

　　"好脚色，走得那么快！

　　"你看它几多好看！又是颜色有光的衣服，又是一对大眼睛。橡皮靴子多么漂亮，前后还佩有金晃晃的徽章！

　　"我更喜欢那些头上插有一面小小五色绸国旗的……

　　"身上那么阔气，无怪乎它不怕那些恶人，（就是时常骂四疤子的一批恶人）恶人见它时还忙举起手来行一个礼呢！"

　　还时时妄想，有一天，四疤子也能为它那么打扮起来。好几次做梦，都觉得自己那一只脚，已套上了一只灰色崭新的橡皮套鞋，头上也有那么一面小国旗，不再待四疤子在后头推送，自己就在西单牌楼一带人群里乱冲乱撞，穿黄衣在大街上站岗的那恶人也一个二个把手举起来，恭恭敬敬的了。从那一次惊吓后，它把"人生观"全变过来。因为通常它总无法靠近一个匣子身边站立，好细心来欣赏一下所钦佩的东西的内容。这一次却见到了。见了后它才了然。它知道原来那东西本事也同自己差不了许多。不仅跑趟子快慢要听到坐在它腰肩上那人命令，就是大起喉咙吓人让路时的声音，也得那人扳它的口。穿靴子其所以新，乃正因其奴性太重，一点不敢倔强的缘故，别人才替它装饰。从此就不觉得那匣子有一点可以佩服处了，也不再希望做那大街上冲冲撞撞的梦了，"这正是一个可耻的梦啊。"背后的忏悔，有过很久时间。

近来一遇见那些匣子之类，虽同样要把身子让到一边去，然而口气变了。

"有什么价值？可耻！"且"嘘！嘘！"不住地打起哨子表示轻蔑。

"怎么，那匣子不是英雄吗？"或一个不知事故的同伴问。"英雄，可耻！"遇到别个水车问它时，它总做出无限轻蔑样子来鄙薄匣子。本来它平素就是忠厚的，对那些长年四季不洗澡的脏煤车还表同情，对待粪车也只以"职务不同"故"敬而远之"，然在匣子面前，却不由得不骄傲了。

"请问：我说话是有要人扳过口的事吗？我虽然听四疤子的命令，但谁也不敢欺负谁，骑到别个的身上啊！我请大家估价，把'举止漂亮'除开，看谁的是失格！"

假使"格"之一字，真用得到水车与汽车身上去，恐怕水车的骄傲也不是什么极不合理的事！

过节和观灯

　　说起过节和观灯，每人都有一份不同的经验。

　　中国是世界上一个大国，地面广，人口多，历史长，分布全国各民族语言文化风俗习惯又不一样，所以一年四季就有许多种节日，使用不同方式，分别在山上、水边、乡村、城镇举行。属于个人的且家家有分。这些节日影响到衣食住行各方面，丰富人民生活的内容，扩大历史文化的面貌，也加深了民族团结的感情。一般吃的如年糕、粽子、月饼、腊八粥，玩的如花炮、焰火、秋千、风筝、灯彩、陀螺、兔儿爷、胖阿福，穿戴的如虎头帽、猫猫鞋、作闹龙舟和百子观灯图的衣裙、坎肩、涎围和围裙……就无一不和节令密切相关。较古节日已延长了二三千年，后起的也有千把年历史，经史等古籍中曾提起它种种来历和举行的仪式。大多数节日常和农事生产相关，小部分则由名人故事或神话传说而来，因此有的虽具有全国性，依旧会留下些区域特征。比如为纪念屈原的五月端阳，包粽子，悬蒲艾，戴石榴花，虽然已成全国习惯，但南方的龙舟竞渡，给青年、妇女及小孩子带来的兴奋和快乐，就绝不是生长在北方平原的人所能想象！

　　大江以南，凡是有河流可通船舶处，无论大城小市，端午必照例举行赛船。这些特制龙船多窄而长，有的且分五色，头尾高张，转动十分灵便。平时搁在岸上，节日来临前，才由二三十个特选少壮青年，在鞭炮轰响、欢笑呼喊中送请下水。初五叫小端阳，十五叫大端阳，正式比赛或由初三到初五，或由初五到十五。沅水流域的渔家子弟，白天玩不尽兴，晚上犹继续进行，三更半夜后，住在河边的人从睡梦中醒来时，还可听到水面飘来蓬蓬当当的锣鼓声。近年来我的记忆力日益衰退，可是四十多年前在一条六百里长的沅水和五个支流一些大城小镇度过的端阳节，由于乡情风俗热烈活泼，将近半个世纪，种种景象在记忆中还明朗清楚，不褪色，不走样。

因此还可联想起许多用"闹龙舟"作题材的艺术品。较早出现的龙舟，似应数敦煌壁画，东王公坐在上面去会西王母，云游远方，象征"驾六龙以驭天"。画虽成于北朝人手，最先稿本或可早到汉代。其次是《洛神赋图卷》，也有个相似而不同的龙舟，仿佛"驾玉虬而偕逝"情形，作为曹植对洛神的眷恋悬想。虽历来当作晋代大画家顾恺之手笔，产生时代又可能较晚些。还有个长及数丈元明人传摹唐李昭道《阿房宫图卷》，也有几只装饰华美的龙凤舟，在一派清波中从容荡漾，和结构宏伟建筑群相呼应。只是这些龙舟有的近于在水云中游行的无轮车子，有的又和五月端阳少直接关系。由宋到清，比较著名的画还有张择端《金明争标图》，宋人《龙舟图》，元人王振鹏《龙舟竞渡图》，宋人《西湖竞渡图》，明人《龙舟竞渡图》，……画幅虽不大，作得都相当生动美丽，反映出部分历史真实。故宫收藏清初十二月令画轴《五月端阳龙舟图》，且画得格外华美热闹。

此外明清工人用象牙、竹木和剔红雕填漆作的龙船，也有工艺精巧绝伦的。至于应用到生活服用方面，实无过西南各省民间挑花刺绣。被面、帐檐、门帘、枕帕、围裙、手巾、头巾，和小孩穿的坎肩、涎围，戴的花帽，经常都把闹龙舟作主题，加以各种不同艺术表现，做得异常精美出色。当地妇女制作这些刺绣时，照例必把个人节日欢乐的回忆，做新嫁娘做母亲对于家庭的幸福愿望，对于儿女的热爱关心，连同彩色丝线交织在图案中。闹龙舟的五彩版画，也特别受农村中和长年寄居在渔船上货船上的妇孺欢迎，能引起他们种种欢乐回忆和联想。

还有特具地方性的跑马节，是在云南昆明附近乡下跑马山下举行的。这种聚集了近百里内四乡群众的盛会，到时百货云集，百艺毕呈，对于外乡人更加开眼。不仅引人兴趣，也能长人见闻。来自四乡载运烧酒的马驮子，多把酒坛连驮架就地卸下，站在一旁招徕主顾，并且用小竹筒不住舀酒请人品尝。有些上点年纪的人，阅兵点将一般，到处走去，点点头又摇摇头，平时若酒量不大，绕场一周，也就不免给那喷鼻浓香酒味熏得摇摇晃晃有个三分醉意了。各种酸甜苦辣吃食摊子，也都富有云南地方特色，为外地所少见。妇女们高兴的事情，是城乡第一流银匠到时都带了各种新样首饰，选平敞地搭个小小布棚，展开全部场面，就地开业，煮、炸、捶、钻、吹、镀、嵌、接，显得十分热闹。卖土布鞋面枕帕的，卖花边阑干、五色丝线和胭脂水粉香胰子的，都是专为女主顾而准备。文具摊上经常还可发现木刻《百家姓》和其它老式启蒙读物。

大家主要兴趣自然在跑马，特别关心本村的胜败，和划龙船情形相差不多。我对于赛马兴趣并不大。云南马骨架多比较矮小，近于古人说的"果下马"，平时当坐骑，爬山越岭腰力还不坏，走夜路又不轻易失蹄。在平川地作小跑，钻子步走来匀称稳当，也显得蛮有精神。可是当时我实另有所会心，只希望从那些装备不同的马背上，发现一点"秘密"。因为我对于工艺美术有点常识，漆器加工历史有许多问题还未得解决。读唐宋人笔记，多以为"犀皮漆"做法来自西南，系由马鞍鞯涂漆久经摩擦而成。"波罗漆"即犀皮中一种，"波罗"由樊绰《蛮书》得知即老虎别名，由此可知波罗漆得名便在南方。但是缺少从实物取证，承认或否认仍难肯定。我因久住昆明滇池边乡下，平时赶火车入城，即曾经从坐骑鞍桥上发现有各种彩色重叠的花斑，证明《因话录》等记载不是全无道理。所谓秘密，就是想趁机会在那些来自四乡装备不同的马背上，再仔细些探索一下究竟。结果明白不仅有犀皮漆云斑，还有五色相杂牛皮纹，正是宋代"绮纹刷丝漆"的做法。至于宋明铁错银马镫，更是随处可见。云南本出铜漆，又有个工艺传统，马具制作沿袭较古制度，本来极平常自然。可是这些小发现，对我说来却意义深长，因为明白"由物证史"的方法，此后就用到研究物质文化史和工艺图案发展史，都可得到不少新发现。当时在人马群中挤来钻去，十分满意，真正应合了古人说的"相马于牝牡骊黄之外"。但过不多久，更新的发现，就把我引诱过去，认为从马背上研究老问题，不免近于卖呆，远不如从活人中听听生命的颂歌为有意思了。

原来跑马节还有许多精彩的活动，在另外一个斜坡边，比较僻静长满小小马尾松林子和荆条丛生的地区，那时到处有一簇簇年轻男女在对歌，也可说是"情绪跑马"，热烈程度绝不下于马背翻腾。云南本是个诗歌的家乡，路南和迤西歌舞早闻名全国。这一回却更加丰富了我的见闻。

常德的船

常德就是武陵，陶潜的《搜神后记》上《桃花源记》说的渔人老家，应当摆在这个地方。德山在对河下游，离城市二十余里，可说是当地唯一的山。汽车也许停德山站，也许停县城对河另一站。汽车不必过河，车上人却不妨过河，看看这个城市的一切。地理书上告给人说这里是湘西一个大码头，是交换出口货与入口货的地方。桐油、木料、牛皮、猪肠子和猪鬃毛，烟草和水银，五倍子和鸦片烟，由川东、黔东、湘西各地用各色各样的船只装载到来，这些东西全得由这里转口，再运往长沙武汉的。子盐、花纱、布匹、洋货、煤油、药品、面粉、白糖，以及各种轻工业日用消耗品和必需品，又由下江轮驳运到，也得从这里改装，再用那些大小不一的船只，分别运往沅水各支流上游大小码头去卸货的。市上多的是各种庄号。各种庄号上的坐庄人，便在这种情形下成天如一个磨盘，一种机械，为职务来回忙。邮政局的包裹处，这种人进出最多。长途电话的营业处，这种坐庄人是最大主顾。酒席馆和妓女的生意，靠这种坐庄人来维持。

除了这种繁荣市面的商人，此外便是一些寄生于湖田的小地主，做过知县的小绅士，各县来的男女中学生，以及外省来的参加这个市面繁荣的掌柜、伙计、乌龟、王八。全市人口过十万，街道延长近十里，一个过路人到了这个城市中时，便会明白这个湘西的咽喉，真如所传闻，地方并不小。可是却想不到这咽喉除吐纳货物和原料以外，还有些什么东西。做这种吐纳工作，责任大，工作忙，性质杂，又是些什么人。假若一旦没有了他们，这城市会不会忽然成为河边一个废墟？这种人照例触目可见，水上城里无一不可碰头，却又最容易为旅行者所疏忽。我想说的是真正在控制这个咽喉，支配沅水流域的几万船户。

这个码头真正值得注意令人惊奇处，实也无过于船户和他所操纵的水上工具了。要认识湘西，不能不对他们先有一种认识。要欣赏湘西地方民族特殊性，船户是最有价值材料之一种。

一个旅行者理想中的武陵，渔船应当极多。到了这里一看，才知道水面各处是船只，可是却很不容易发现一只渔船。长河两岸浮泊的大小船只，外行人一眼看去，只觉得大同小异，事实上形制复杂不一，各有个性，代表了各个地方的个性。让我们从这方面来多知道一点，对于我们也许有些便利处。

船只最触目的三桅大方头船，这是个外来客，由长江越湖来的，运盐是它主要的职务。它大多数只到此为止，不会向沅水上游走去。普通人叫它作"盐船"，名实相副。船家叫它作"大鳅鱼头"，《金陀粹编》上载岳飞在洞庭湖水擒杨幺故事，这名字就见于记载了，名字虽俗，来源却很古。这种船只大多数是用乌油漆过，所以颜色多是黑的。这种船按季候行驶，因为要大水大风方能行动。杜甫诗上描绘的"洋洋万斛船，影若扬白虹"，也许指的就是这种水上东西。

比这种盐船略小，有两桅或单桅，船身异常秀气，头尾突然收敛，令人入目起尖锐印象，全身是黑的，名叫"乌江子"。它的特长是不怕风浪，运粮食越湖。它是洞庭湖上的竞走选手。形体结构上的特点是桅高，帆大，深舱，锐头。盖舱篷比船身小，因为船舷外还有护舱板，弄船人同船只本身一样，一看很干净，秀气斯文，行船既靠风，上下行都使帆，所以帆多整齐，船上用的水手不多，仅有的水手会拉篷，摇橹，撑篙，不会荡桨，——这种船上便不常用桨。放空船时妇女还可代劳掌舵。这种船间或也沿河上溯，数目极少，船身材料薄，似不宜于冒险。这种船在沅水流域也算是外来客。

在沅水流域行驶，表现得富丽堂皇，气象不凡，可称为巨无霸的船只，应当数"洪江油船"。这种船多方头高尾，颜色鲜明，间或且有一点金漆装饰，尾梢有舵楼，可以安置家眷。大船下行可载三四千桶桐油，上行可载两千件棉花，或一票食盐。用橹手二十六人到四十人，用纤手三十人到六七十人，必待春水发后方上下行驶，路线系往返常德和洪江。每年水大至多上下三五回，其余大多时节都在休息中，成排结队停泊河面，俨然是河上的主人，船主照例是麻阳人，且照例姓滕，善交际，礼数清楚。常与大商号中人拜把子，攀亲家，行船时站在船后檀木舵把边，庄严中带点从容不迫神气，口中含了个竹马鞭短烟管，一面看水，一面吸烟。遇有身份的客人搭船，喝了一杯酒后，便向客人一五一十叙述这只油船的历史，载过多少有势力的军人、阔佬，或名驰沅水流域的妓女。换言之，就是这只船与当地"历史"发生多少关系！这种船只上的一切东西，无一不巨大坚实。船主的装束在船上时看不出什么特别处，上岸时却穿长袍（下脚过膝三四寸），罩青羽绫马褂，戴呢帽或小缎帽，佩小牛皮抱肚，用粗大银链系定，内中塞满了银元。穿生牛皮靴子，走路时踏得很重。个子高高的，瘦瘦的。有一双大手，手上满是黄毛和青筋。会喝酒，打牌，且豪爽大方，吃花酒应酬时，大把银元钞票从抱肚掏出，毫不吝啬。水手多强壮勇敢，眉目精悍，善唱歌、泅水、打架、骂野话。下水时如一尾鱼，上岸时像一只小公猪。白天弄船，晚上玩牌，同样做得极有兴致。船上人虽多，却各有所事，从不紊乱。舱面永远整洁如新。拔锚开头时，必擂鼓敲锣，在船头烧纸烧香，煮白肉祭神，燃放千子头鞭炮，表示人神和乐，共同帮忙，一路福星。在开船仪式与行船歌声中，使人想起两千年前《楚辞》发生的原因，现在还好好地保留下来，今古如一。

比洪江油船小些，形式仿佛比较笨拙些（一般船只用木板做成，这种船竟像用木柱做成），平头大尾，一望而知船身十分坚实，有斗拳师的神气，名叫"白河船"。白河即酉水的别名。这种船只即行驶于沅水由常德到沅陵一段，酉水由沅陵到保靖一段。酉水滩流极险，船只必经得起磕撞。船只必载重方能压浪，因此尾部如臀，大而圆。下行时在船头缚大木桡一两把。木桡的用处是船只下滩，转头时比舵切于实际。照水上人俗谚说："三桨不如一篙，三橹不如一桡。"桡读作招。酉水浅而急，不常用橹，篙桨用处多，因此篙多特别长大，桨较粗硕，肥而短。船篷用粽子叶编成，不涂油。船主多永顺保靖人，姓向姓王姓彭占多数。酉水河床窄，滩流多，为应付自然，弄船人所需要的勇敢能耐也较多。行船时常用相互诅骂代替共同唱歌，为的是受自然限制较多，脾气比较坏一点。酉水是传说中古代藏书洞穴所在地，多的是高大宏敞充满神秘的洞穴。由沅陵起到酉阳止，沿酉水流域的每个县份总有几个洞穴。可是如沅陵的大酉洞，二酉洞，保靖的狮子洞，酉阳的龙洞，这些洞穴纵有书籍也早已腐烂了。到如今这条河流最多的书应当是宝庆纸客贩卖的石印本历书，每一条船上照例都有一本"皇历"。船家禁忌多，历书是他们行动的宝贝。河水既容易出事情，个人想减轻责任，因此凡事都俨然有天作主，由天处理，照书行事，比较心安，也少纠纷，船只出事时有所借口。酉水流域每个县份的船只，在形式上又各不相同，不过这些船不出白河，在常德能看到的白河油船，形体差不多全是一样。

白河流域几个码头

　　白河便是历史上知名的酉水。白河到沅陵与沅水汇流后，便略显浑浊，有出山泉水的意思。若溯流而上，则三丈五丈的深潭清澈见底。深潭中为白日所映照，河底小小白石子，有花陈的玛瑙石子，全看得明明白白。水中游鱼来去，皆如浮在空气里。两岸多高山，山中多可以造纸的细竹，长年作深翠颜色，逼人眼目。近水人家多在桃杏花里，春天时只需注意，凡有桃花处必可沽酒。夏天则晒晾在日光下耀目的紫花布衣裤，可以作为人家所在的旗帜。秋冬来时，房屋在悬崖上的，滨水的，无不朗然入目，黄泥的墙，乌黑的瓦，位置却永远那么妥帖！且与四周环境极其调和，使人得到的印象非常愉快。（引自《边城》）由沅陵沿白河上行三十里名"乌宿"，地方风景清奇秀美，古木丛竹，滨水极多。传说中的大酉洞即在附近。洞中高大宏敞，气象万千。但比起凤凰苗乡中的齐梁洞，内中平坦能容避难的人一万以上，就可知道大酉洞其所以著名，或系邻近开化较早的沅陵所致，白河中山水木石最美丽清奇的码头，应数王村，属永顺县管辖，且为永顺县货物出口地方。夹河高山，壁立拔峰，竹木青翠，岩石黛黑。水深而清，鱼大如人。河岸两旁黛色庞大石头上，在晴朗冬天里，尚有野莺画眉鸟，从山谷中竹篁里飞出来，休息在石头上晒太阳，悠然自得啭唱悦耳的曲子，直到有船近身时，方从从容容一齐向林中飞去。水边还有许多不知名水鸟，身小轻捷，活泼快乐，或颈膊极红，如缚上一条彩色带子，或尾如扇子，花纹奇丽，鸣声都异常清脆。白日无事，平潭静寂，但见小渔船船舷船顶站满了沉默黑色鱼鹰，缓缓向上游划去。傍山作屋，重重叠叠，如堆蒸糕，入目景象清而壮。一派清芬的影响，本县老诗人向伯翔的诗，因之也见得异常清壮。

白河多滩，凤滩、茨滩、绕鸡笼、三门、驼碑五个滩最著名。弄船人有两个口号："凤滩茨滩不为凶，上面还有绕鸡笼。"上行船到两大滩时，有时得用两条竹纤在两岸拉挽，船在河中小小容口破浪逆流上行。绕鸡笼因多曲折石坎，下行船较麻烦，一不小心撞触河床中的大石，即成碎片，船上人必借船板浮沉到下游三五里方能得救。三门附近山道名白鸡关，石壁插云，树身大如桌面，芭草高至二丈五尺以上。山中出虎豹，大白天可听到虎吼。

由三门水行七十里，到保靖县。（过白鸡关陆行只有四十余里。）保靖是酉水流域过去土司之一所在地。酉水流域多洞穴，保靖濒河两个洞为最美丽知名。一在河南，离县城三里左右，名石楼洞，临长河，据悬崖。对河一山，山上老松数列，错落布置，十分自然。景物清疏，有渐江和尚画意。但洞穴内多人工铺排，并无可观。一在河北大山下面，和县城相对，名狮子洞，洞被庙宇掩着，庙宇又被老树大竹古藤掩着。洞口并不十分高大，进到里面去后，用火燎高照，既不见边，也不见顶，才看出这洞穴何等宏敞阔大，令人吃惊。四面石壁白润如玉，地下铺满白色细砂。洞中还另有一小小天然道路，可上升到一个石屋里去。道路踏脚处带朱砂红斑，颜色极鲜艳。石屋中有石床石桌，似为昔日方士修炼住处。蝙蝠展翅约一尺长大，不知从何处求食。洞中既宽阔，又黑暗，必用三五个火燎烛照，由庙中人引导，视火燎燃到三分之二后，即寻外出，不然恐迷路不易走出。火燎用枯竹枝作成，由守庙道士出卖给游洞者，点燃时枯竹枝在洞中爆炸，声音如枪响，如大雷公鞭炮响。洞中夏天有一小小泉水，水味甘美。水中还有小小鱼虾，到冬天时仅一空穴，鱼虾亦不知去处。

近城大山名杀鸡坡，一眼看去，山并不如何高大，但山下人有人上山时杀一鸡，等待人到山顶，山下人的鸡在锅中已熟了。因此名叫杀鸡坡。对河亦有一大山，名野猪坡，出野猪。坡上土地丛林和洞穴，为烧山种田人同野兽大蛇所割据，一到晚上，虎豹就傍近种田开山人家来吃小猪，从被咬去的小猪锐声叫喊里，可以知道虎豹走去的方向。这大虫有时在大白天也昂头一吼，山谷响应许久。

种田人因此常常拿了刀矛火器种种家伙，往树林山洞中去寻觅，用绳网捕捉大蛇，用毒烟设陷阱猎捕野兽。岭上最多的还是集群结伙蹂躏农产物成癖的野猪，喜欢偷吃山田中包谷白薯，为山民真正仇敌。正因为这种损害庄稼的仇敌太多，岭上人打锣击鼓猎野猪的事，也就成为一种常有的仪式，常有的娱乐了。

本地出好梨，皮色淡赭，味道香而甜，名"洋冬梨"，皮较厚韧，因此极易保藏。产材质坚密的黄杨木，乡下人常常用绳索系身，悬空下垂到溪谷绝壁间，把黄杨木从高崖上砍下，每段锯成两尺长短，背负入城找求售主，同卖柴一样。碗口大的木料。

在本地人眼中看来，十分平常。这种良好木材，照当地人习惯，多用来做筷子和天九牌。需要多，供给少，所以一部分就用柚子木充数。出大头菜，比龙山的略差。湘西大头菜应当数接近鄂西的边县龙山最好，颜色金黄，味道甜而香。出好茶叶，和邻近山城那个古丈县的茶叶比较，味道略淡。然而清醇之中，别有一种芬馥之气。陈家茶园在湘西实得风气之先，出品佳美，可惜数量不多，无从外运。

永绥县离保靖四十五里。保靖县苗人居住较少。永绥县却大部分是苗人。逢场时交易十分热闹，猪、牛、羊、油、盐、铁器和农具，以至于一段木头，一根竹子，一个石臼，一撮火绒，无不可买卖。大场坪中百物杂陈，五色缤纷，可谓奇观。石宏规是本县苗民中优秀分子之一，对苗民教育极热心，对苗民问题极熟习。一个大学毕业生，做了几次县长。

三个县份清中叶还由土司统治，土司既由世袭，永顺的姓向，保靖的姓彭，永绥的姓宋，到如今这三姓还为当地巨族。

白河上游商业较大的水码头名"里耶"。川盐入湘，在这个地方上税。边地若干处桐油，都在这个码头集中。

站在里耶河边高处，可望川湘鄂三省接壤的八面山。山如一个桶形，周围数百里，四面陡峭悬绝，只一条小路可以上下。上面一坦平阳，且有很好泉水，出产好米和杂粮，住了约一百户人家。若将那条山路塞断，即与一切隔绝，俨然别有天地。过去二十年常为落草大王盘踞，不易攻打。唯上面无盐，所以不易久守。

泸溪·浦市·箱子岩

　　由沅陵沿沅水上行，一百四十里到湘西产煤炭著名地方辰溪县。应当经过泸溪县，计程六十里，为当日由沅陵出发上行船一个站头，且同时是洞河（泸溪）和沅水合流处。再上六十里，名叫浦市，属泸溪县管辖，一个全盛时代业已过去四十年的水码头。再上二十里到辰溪县，即辰溪入沅水处。由沅陵到辰溪的公路，多在山中盘旋，不经泸溪，不经浦市。

　　在许多游记上，多载及沅水流域的中段，沿河断崖绝壁古穴居人住处的遗迹，赭红木屋或仓库，说来异常动人。倘若旅行者以为这东西值得一看，就应当坐小船去。这个断崖同沅水流域许多滨河悬崖一样，都是石灰岩做成的。这个特别著名的悬崖，是在泸溪浦市之间，名叫箱子岩。那种赭色木柜一般方形木器，现今还有三五具好好搁在崭削岩石半空石缝石罅间。这是真的原人住居遗迹，还是古代蛮人寄存骨殖的木柜，不得而知。对于它产生存在的意义，应当还有些较古的记载或传说，年代久，便遗失了。

　　下面称引的几段文字，是从我数年前一本游记上摘下的：泸溪县城四面是山，河水在山峡中流去。县城位置在洞河与沅水汇流处，小河泊船贴近城边，大河泊船去城约三分之一里。（洞河通称小河，沅水通称大河。）洞河来源远在苗乡，河口长年停泊五十只左右小小黑色洞河船。弄船者有短小精悍的花帕苗，头包花帕，腰围裙子。有白面秀气的所里人，说话时温文尔雅，一张口又善于唱歌。洞河既水急山高，河身转折极多，上行船到此，已不适宜于借风使帆，凡入洞河的船只，到了此地，便把风帆约成一束，做上个特别记号，寄存于城中店铺里去，等待载货下行时，再来取用。由辰州开行的沅水商船，六十里为一大站，停靠泸溪为必然的事。浦市下行船若预定当天赶不到辰州，也多在此过夜。然而上下两个大码头把生意全已抢去，每天虽有若干船只到此停泊，小城中商业却清淡异常。沿大河一方面，一个青石码头也没有，船只停靠皆得在泥渡头与泥堤下。

到落雨天，冒着小雨，从烂泥里走进县城街上去。大街头江西人经营的布铺，铺柜中坐了白发皤然老妇人，庄严沉默如一尊古佛。大老板无事可做，只腆着肚皮，叉着两手，把脚拉开成为八字，站在门限边对街上檐溜出神。窄巷里石板砌成的行人道上，小孩子扛了大而朴质的雨伞，响着很寂寞的钉鞋声。若天气晴明，石头城恰当日落一方，雉堞与城楼都为夕阳落处的黄天衬出明明朗朗的轮廓。每一个山头都镀上一片金，满河是橹歌浮动。就是这么一个小城中，却出了一个写《日本不足惧》的龚德柏先生。

这是一个经过昔日的繁荣而衰败了的码头。三十年前是这个地方繁荣的顶点，原因之一是每三个月下省请领凤凰厅镇筸和辰沅永靖兵备道守兵那十四万两饷银，省中船只多到此为止，再由旱路驿站将银子运去。请饷官和押运兵在当时是个阔差事，有钱花，会花钱。那时节沿河长街的油坊尚常有三两千新油篓晒在太阳下。沿河七个用青石做成的码头，有一半常停泊了结实高大的四橹五舱运油船。此外船只多从下游运来淮盐、布匹、花纱，以及川黔所需的洋广杂货。川黔边境由旱路来的朱砂、水银、苧麻、五倍子、生熟药材，也莫不在此交货转载。木材浮江而下时，常常半个河面都是那种木筏。本地市面则出炮仗，出纸张，出肥人，出肥猪。河面既异常宽平，码头又干净整齐。街市尽头为一长潭，河上游是一小滩，每当黄昏薄暮，落日沉入大地，天上暮云被落日余晖所烘灸剩余一片深紫时，大帮货船从上而下，摇船人泊船近岸以前，在充满了薄雾的河面，浮荡在黄昏景色中的催橹歌声，正是一种如何壮丽稀有充满欢欣热情的歌声！

辛亥以后，新编军队经常年前调动，部分省中协饷也改由各县厘金措调。短时期代替而兴的烟土过境，也大部分改由南路广西出口。一切消费馆店都日渐萎缩，只余了部分原料性商品船只过往。这么一大笔金融活动停止了来源，本市消费性营业即受了打击，缩小了范围，随同影响到一系列小铺户。

如今一切都成过去了，沿河各码头已破烂不堪。小船泊定的一个码头，一共十二只船。除了一只船载运了方柱形毛铁，一只船载辰溪烟煤，正在那里发签起货外，其它船只似乎已停泊了多日，无货可载，都显得十分寂寞，紧紧地挤一处。有几只船还在小桅上或竹篙上悬了一个用竹缆编成的圆圈，作为"此船出卖"等待换主的标志。

那天正是五月十五，乡下人过大端阳节。箱子岩洞窟中最美丽的三只龙船，全被乡下人拖出浮在水面上。船只狭而长，船舷描绘有朱红线条，全船坐满了青年桡手，头腰各缠红布。鼓声起处，船便如一支没羽箭，在平静无波的长潭中来去如飞。河身大约一里宽，两岸都有人看船，大声呐喊助兴。且有好事者从后山爬到悬岩顶上去，把"铺地锦"百子鞭炮从高岩上抛下，尽鞭炮在半空中爆裂，形成一团团五彩碎纸云尘。彭彭彭彭的鞭炮声与水面船中锣鼓声相应和，引起人对于历史发生一种幻想，一点感慨。

两千年前的那个楚国逐臣屈原，若本身不被放逐，疯疯癫癫来到这种充满了奇异光彩的地方，目击身经这些惊心动魄的景物，两千年来的读书人，或许就没有福分读《九歌》那类文章，中国文学史也就不会如现在的样子了。在这一段长长岁月中，世界上多少民族都已堕落了，衰老了，灭亡了。即如号称东亚大国的一片土地，也已经有过多少次被来自沙漠中的蛮族，骑了膘壮的马匹，手持强弓硬弩，长枪大戟，到处践踏蹂躏！然而这地方的一切，虽在历史中也照样发生不断的杀戮、争夺，以及一到改朝换代时，派人民担负种种不幸命运，死的因此死去，活的被逼迫留发，剪发，在生活上受种种限制与支配。然而细细一想，这些人根本上又似乎与历史进展毫无关系。从他们应付生存的方法与排泄感情的娱乐方式看来，竟好像今古相同，不分彼此。

日头落尽云影无光时，两岸渐渐消失在温柔暮色里。两岸看船人呼喝声越来越少。河面被一片紫雾笼罩，除了从锣鼓声中尚能辨别那些龙船方向，此外已别无所见。然而岩壁缺口处却人声嘈杂，且闻有小孩子哭声，有妇女尖锐叫唤声，综合给人一种悠然不尽的感觉。……过了许久，那种锣鼓声尚在河面飘着，表示一班人还不愿意离开小船，回转家中。待到把晚饭吃过，爬出舱外一看，呀，好一轮圆月！月光下石壁同河面，一切都镀了银，已完全变换了一种调子。岩壁缺口处水码头边，正有人用废竹缆或油柴燃着火燎，火光下只见许多白衣人的影子移动。那些人正把酒食搬移上船，预备分派给龙船上人。原来这些青年人划了一整天船，看船的已散尽了，划船的还不尽兴，三只船还得在月光下玩个上半夜。

提起这件事，使人重新感到人类文字语言的贫俭，那一派声音，那一种情调，真不是用文字语言可以形容尽致的。

这些人每到大端阳时节，都得下河玩一整天的龙船，平常日子却各个按照一种分定，很简单地把日子过下去。每日看过往船只摇橹扬帆来去，看落日同水鸟。虽然也有人事上的小小得失，到恩怨纠纷成一团时，就陆续发生庆贺或仇杀。然而从整个说来，这些人生活却仿佛同"自然"已相互融合，很从容地各在那里尽其性命之理，与其他无生命物质一样，唯在日月升降寒暑交替中放射，分解。而且在这种过程中，人是如何渺小的东西，这些人比起世界上任何哲人，也似乎还更知道的多一点。

这些不辜负自然的人，与自然妥协，对历史毫无担负，活在这无人知道的地方。另外尚有一批人，与自然毫不妥协，想出种种方法来支配自然，违反自然的习惯，同样也那么尽寒暑交替，看日月升降。然而后者却在改变历史，创造历史。一份新的日月，行将消灭旧的一切。我们要用一种什么方法，就可以使这些人心中感觉一种"惶恐"，且放弃对自然和平的态度，重新来一股劲儿，用划龙船的精神活下去？这些人在娱乐上的狂热，就证明这种狂热使他们还配在世界上占据一片土地，活得更愉快更长久一些。但有谁来改造这些人的狂热到一件新的竞争方面去？

一　天

　　有时我常觉得自己为人行事，有许多地方太不长进了。每当什么佳节或自己生辰快要来临时，总像小孩子遇到过年一般，不免有许多期待，等得日子一到，又毫无意思地让它过去了，过去之后，则又对这已逝去的一切追恋，怅惘。这回候了许久的中秋，终于被我在山上候来了。我预备这天用沙果葡萄代替粮食。我预备夹三瓶啤酒到半山亭，把啤酒朝肚子里一灌，再把酒瓶子掷到石墙上去，好使亭边正在高兴狂吟的蝈蝈儿大惊一下。这些事，到时又不高兴去做了。我预备到那无人居住的森玉笏去大哭一阵，我预备买一点礼物去送给六间房那可怜乡下女人，虽然我还记到她那可怜样子，心中悲哀怫郁无处可泄，然而我只在昏昏蒙蒙的黄色灯光下，把头埋到两个手掌上，消磨了上半夜。听到别院中箫鼓竞奏，繁音越过墙来，继之以掌声，笑语嘈杂，痴痴地想起些往事，记出些过去与中秋相关联的人来，觉得都不过一个当时受用而事一过去即难追寻的幻梦罢了！四年前这夜，洪江船上，把脑袋钻进一个三十斤的大西瓜中演笑话的小孩，怎么就变成满头白发的感伤憔悴人了？过去的若果是梦，则后土坡之坟墓，其中纵确曾葬了一人，所葬的也不是那个当年活跃豪爽的漪舅妈了。……中秋过了，我第二个所期待之双十节又到了。

听大家说，今年北京城真有太平景象。执政府门前的灯，不但比去年冷落的总统府门前热闹了许多，就是往年无论哪一次庆祝盛会，也不能比此次的阔绰。今年据说不比往时穷，有许多待执政解决的国际账，账上找出很多盈余来，热闹自是当然的事。街上呢，谅来庆贺那么多回的商人，挂旗子加电灯总不必再劳动警察厅的传令人了！且这也可以说是一些绸缎铺、洋货店、粮食店一个赚钱的好机会，哪个又愿轻易放过？各铺子除了电灯红绿其色外，门前瓦斯灯总由一盏增加到二或三盏。小点的铺子呢，那日账上支出项下，必还有一笔："庆祝双十节付话匣子租金洋一元二角"。

街上喊老爷喊太太讨钱的穷女人，靠求乞为生的穷朋友，今夜必也要叨了点革命纪念日的光。平时让你卑躬屈求置之不理的老爷太太们，会因佳节而慷慨了许多，在第三声请求哀矜以前，即摸个把铜子掷到地上了。……我若能进城去，到马路旁不怕汽车恐吓的路段上去闲踱，把西单牌楼踱完时，再搭电车到东单，两处都有灯可看。亮亮煌煌的灯光下，必还可见到许多生长得好看的年青女人们，花花绿绿，出进于稻香村丰祥益一类铺号中。虽说天气已到了深秋，我这单菲菲的羽纱衫子，到大街上飘飘乎风中，即不怕人笑，但为风一欢，自己也会不大受用，也许立时就咳起嗽来，鼻子不通，见寒作热。然而我所以不进城者，倒另是一个原因。倘若进城，我是先有一种很周到的计划的。我想大白天里，有太阳能帮助我肩背暖和，在太阳下走动，也许穿单衫倒比较适宜一点，热时不至于出汗，走路也轻便得多。一至夜里，铺子上电灯发光时，我就专朝到人多的地方撞去，用力气去挤别人，也尽别人用气力来挤我，相互挤挨，这样会生出多量的

128

热来，寒气侵袭，就无恐惧之必需了。西单东单实在都到了无可挤时，我再搭乘二等电车到前门，跑向大栅栏一带去发汗，大栅栏不到深夜是万不会无人可挤的。并且二等电车中，就是一个顶好避寒的地方。譬如我在西单一家馒头铺听话匣子，死盅盅站了半个钟头之后，业已受了点微寒，打了几个冷战，待一上电车，那寒气马上会跑去无余。

要说是留恋山上吧，山上又无可足恋。看到山上的一切，都如同大厨房的大师傅一样，腻人而已。也不是无钱，我荷包还剩两块钱。就算把那张懋业银行的票子做来往车费，也还有一张一元交通票够我城中花费：坐电车，买宾来香的可可糖，吃一天春的鲍鱼鸡丝面，随便抓三两堆两个子儿一堆的新落花生，塞到衣袋里去，慢慢的尽我到马路上一颗一颗去剥，也做得到。

说来似乎可笑！我一面觉得北京城的今夜灯光实在亮得可以，有去玩玩，吃可可糖，吃鲍鱼面，剥落花生的需要，但另一方面不去的原因，却只是怠懒。

"好，不用进城了，我就是这么到这里厮混一天吧。"墙壁上，映着从房门上头那小窗口射进来的一片红灯光。朝外面这个窗口，已经成灰白色了。我醒来第一个思想，既自己不否认这思想是无聊，所以我重新将薄棉被蒙起我的头，一直到外面敲打集会钟时才起身。这时已到了八点钟。我纵想再勉强睡下去，做渺茫空虚半梦迷的遐想，也是不可能的事了。

太阳已从窗口爬到我床上了。在那一片狭狭的光带中，见到有无数本身有光的小微尘很活泼地在游行着。

大楼屋顶上那个检瓦的小泥水匠，每日上上下下的那架木梯，还很寂寞地搁到我窗前不远的墙上，本身晒着太阳，全身灰色，表明它的老成。昨天前天，那黑小身个儿的泥水匠，还时时刻刻在屋顶角上发现，听到他的甜蜜哨子时，我一抬头就看到他。因为提取灰泥，不能时上时下，到下面一个小工拌合灰泥完成时，他就站近檐口边来，一只脚踹到接近白铁溜水桶的旁边，一只脚还时常移动。大楼离地约三四丈高，一不小心，从上面掉到地上，就得跌坏，岂是当真闹着玩儿？他竟能从容不迫，在上面若无其事似的，且有余裕用嘴巴来打哨子，嘘出反二簧的起板来，使我佩服他远胜过我所尊重的文人还甚。这时只有梯子在太阳下取暖，却不见他一头吹哨子一头用绳子放到地下，拉取那挂在绳钩上的水泥袋子了！大概他也叨了点国庆日的光，取得一天休息到别处玩去了。

这时会场的巴掌，时起时落。且于极庄严的国歌后，有许多次欢呼继起。这小身个儿泥水匠，也许正在会场外窗子旁边看别人热闹吧！也许于情不自禁时，亦搭到别人热闹着，拍了两下巴掌吧！若是窗子边沿间找不到这位朋友，我想他必定在陶工厂那窑室前了。我有许多次晚饭后散步从陶工厂过身时，都见到他跨坐在一个石碌碡上磨东西，磨冶的大致是些荡刀之类铁器。他大概还是一个学徒，所以除一般工作外，随时随地总还有些零碎活应做。但这人，随时仍找得出打哨子的余裕来，听他哨子，就知道工作的烦琐枯燥，还不能给这朋友多少烦恼。……幸福同这人一块儿，所以不必问他此时是在会场窗子边露出牙齿打哈哈，或是仍然跨据着那个石碌碡上磨铁器。今天午饭时，照例小工有一顿白馒头，幸福的人，总会比往常分外高兴了！

春游颐和园

　　北京建都有了八百多年历史。劳动人民用他们的勤劳和智慧，在北京城郊建造了许多规模宏大建筑美丽的宫殿、庙宇和花园，留给我们后一代。花园建筑规模大，花木池塘富于艺术巧思，设备精美在世界上也特别著名的，是十七、十八世纪康熙乾隆时在西郊建筑的"圆明园"。这个著名花园，是在百十多年前就被帝国主义者野蛮军队把园里面上千栋房子中各种重要珍贵文物及一切陈设大肆抢劫后，有意放一把火烧掉了的。花园建筑时间比较晚的，是西郊的颐和园。部分建筑乾隆时虽然已具规模，主要建筑群却在八十年前光绪时才完成。修建这座大园子的经济来源，是借口恢复国防海军从人民刮来的几千万两银子，花园做成后，却只算是帝王一家人私有。

　　直到北京解放，这座大花园才真正成为人民的公共财产。

　　颐和园的游人数字是个证明：一九四九年全年二十六万六千八百多人次，一九五五年达到一百七十八万七千多人次。二十年前游颐和园的人，常常觉得园里太大太空阔。其实只是能够玩的人太少，所以到处总是显得空空的。许多地方长满了荒草，许多建筑也摇摇欲坠，游人不敢走近去。现在一般印象总觉得园子不太大。颐和园那条长廊，虽然已经长约三里，现在每逢星期天游人就挤得满满的，即再加宽加长一倍两倍，也还是不够用。

春天来，颐和园花木都逐渐开放了，每天除了成千上万来看花的游人，还有许多来自城郊学校的少先队员，到园中过队日郊游，进行各种有益身心的活动。满园子里各处都可见到红领巾，各处都可听到建设祖国接班人的健康快乐的笑语和歌声。配合充满生机一片新绿丛中的鸟语花香，颐和园本身，因此也显得更加美丽和年青！

凡是游颐和园的人，在售票处购买一册介绍园中景物的说明书，可得到极多帮助。只是如何就可用比较经济的时间，把颐和园重要地方都逛到呢？我想就我个人过去几年在这个大园子里住了两个夏天转来转去的经验，和园子里建筑花木在春秋佳日给我的印象，概括地说说，作为游园的参考。

我们似可把颐和园分成五个大单位去游览。

第一部分是进门以后的建筑群。这个建筑群除中部大殿外，计包括北边的大戏楼和西边的乐寿堂，以及西边前面一点的玉澜堂。玉澜堂相传是光绪被慈禧太后囚禁的地方，院子和其他建筑隔绝自成一个小单位。到这里来的人，还可从门口的说明牌子，体会到近六十年历史一鳞一爪。参观大戏台，得往回路向东走。这个戏台和中国近代戏曲发展史有些联系，中国京戏最出色的演员谭鑫培、杨小楼，都到这台上演过戏。戏台上下分三层，还有个宽阔整洁的后台和地下室，准备了各种机关布景。例如表演《孙悟空大闹天宫》或《水漫金山寺》时，台上下到必要时还会喷水冒烟。演员也可以借助于技术设备，一齐腾空上升，或潜入地下，隐现不易捉摸。戏台面积比看戏的殿堂大许多，原因是这些戏主要是演给专制帝王和少数皇亲贵族官僚看的。演员百余人在台上活动，看戏的可能只三五十人。社会在发展中，六十年过去了，帝王独夫和这些名艺人十九都已死去。为人民爱好的艺术家的绝艺，却继续活在人们记忆中，由于后辈的学习和发展，日益光辉并充实以新的生命。由大戏楼向西可到乐寿堂。这是六十年前慈禧做生日大排寿筵的地方。颐和园陈设彩绘装饰中，有许多十九世纪显然见出半殖民地化的开始的不中不西恶俗趣味处，就多是当时在广东上海等通商口岸办洋务的奴才，为贡谀祝寿而做来的。也有些是帝国主义者为侵略中国的敲门砖。中国瓷器中有一种黄绿釉绘墨彩花鸟，多用紫藤和秋葵作主题，横写"天地一家春"的款识的，器形彩绘相当恶俗，也是这个时期的生产。乐寿堂庭院宽敞，建筑虽不特别高大，却显得气魄大方。本院和西边一小院，春天时玉兰和海棠都开得格外茂盛。

第二部分是长廊全部和以排云殿、佛香阁为主体、围绕左右的建筑群。这是目下整个园子建筑最引人注意部分，也是全园的精华。有很多建筑小单位，或是一个四合院，或是一组列房子，内部布置得都十分讲究。花木围廊，各具巧思。

但是从整体或部分说来，这个建筑群有些只是为配风景而做的，有些宜近看，有些只合远观。想总括全部得到一个整体印象，得租一只小游船，把船直向湖中心划去，再回过头来，看看这个建筑群，才会明白全部设计的用心处。因为排云殿后面隙地不多，山势太陡，许多建筑不免得挤得紧一点。如东边的转轮藏，西边的另一个小建筑群，都有点展布不开。正背后的佛香阁，地势更加迫促。亏得聪明的建筑工人，出主意把上佛香阁的路分作两边，作之字形盘旋而上，地势还是过于迫促，石阶过于陡峭。更向西一点的"画中游"部分建筑，也由于地面窄狭，做得格外玲珑小巧。必须到湖中看看，才明白建筑工人的用意，当时这部分建筑，原来就是为配合全山风景做成的。船到湖中心时向南望，在一平如镜碧波中的龙王庙和十七孔虹桥，都若十分亲切地向游人招手："来，来，来，这里也很有意思。"从这里望万寿山，距离虽远了点，可是把那些建筑不合理印象也忽略了。

第三部分就是湖中心那个孤岛上的建筑群，龙王庙是主体。连接龙王庙和东墙柳荫路全靠那条十七孔白石虹桥，长年卧在万顷碧波中，背景是一片北京特有的蓝得透亮的天空，真不愧叫作人造的虹。这条白石桥无论是远看，近看，或把船摇到下边仰起头来看，或站在桥上向左右四方看，都令人觉得满意。桥东有个大亭子，未油漆前可看出木材特别讲究，可能还是两百年前从南海运来的。岸边有一只铜牛，卧在一个白石座上，从从容容望着湖景，望着远处西山，是两百年前铸铜工人的创作。

第四部分是后山一带，建筑废址并不少，保存完整的房子却不多。很明显是经过历史事变的痕迹没有修复过来。由后湖桥边的苏州街遗址，到上山的一系列殿基，直到半山上的两座残塔，这部分建筑也是在圆明园被焚的同时焚毁的。目下重要的是有好几条曲折小山路，清静幽僻，最宜散步。还有好几条形式不同的白石桥和新近修理的赤栏木板桥，湖水曲折地从桥下通过，划船时极有意思。

第五部分是东路以谐趣园作中心的建筑群，靠西上山有景福阁，靠北紧邻是霁清轩。这一组建筑群和前山后山大不相同，特

134

征是树木比较多，地方比较僻静。建筑群包括有北方的明敞（如景福阁）和南方的幽趣（如霁清轩）两种长处。

谐趣园主要部分是一个荷花池子，绕着池子有一组长廊和建筑。谐趣园占地面积不大，房子也因此稍嫌拥挤，但是那个荷花池子，夏天荷花盛开时，真是又香又好看。欢喜雀鸟的，这里四围树林子里经常有极好听的黄鸟歌声。啄木鸟声音也数这个地区最多。夏六七月天雨后放晴时，树林间的鸟雀欢呼飞鸣，更是一种活泼生机。地方背风向阳处，长年有竹子生长。由后湖引来的一股活水，到此下坠五公尺，因此做成小小瀑布，夏天水发时，水声哗哗，对于久住北方平地的人，看到这些事物引起的情感，很显然都是新的。霁清轩地位已接近园中后围墙，建筑构造极其别致，小院落主要部分是一座四面明窗当风的轩，一株盘旋而上的老松树，一个孤立的亭子，以及横贯院中的一道小小溪流。读过《红楼梦》的人，如偶然到了这个地方，会联想起当年书中那个女尼妙玉的住处。还有史湘云醉眠芍药茵的故事，也可能会在霁清轩大门前边一点发生。这个建筑照全部结构说来，是比《红楼梦》创作时代略早一点。有人到过谐趣园许多次，还不知道面前霁清轩的位置，可知这个建筑的布置成功处。由谐趣园宫门直向上山路走，不多远还有个乐农轩，虽只是平房一列，房子前花木却长得极好。杏花以外丁香、海棠、梨花都很好。景福阁位置在半山上，这座重屋曲折"亞"字形的大建筑，四面窗子透亮，绕屋平台廊子都极朗敞。遇着好机会，我们可能会在这里看到一些面孔熟习的著名文艺工作者，电影、歌剧、话剧名演员，……他们也许正在这里和国际友人举行游园联欢会，在那里唱歌跳舞。

一九三四年一月十八

　　我仿佛被一个极熟的人喊了又喊，人清醒后那个声音还在耳朵边。原来我的小船已开行了许久，这时节正在一个长潭中顺风滑行，河水从船舷轻轻擦过，把我弄醒了。

　　我的小船今天应当停泊到一个大码头，想起这件事，我就有点儿慌张起来了。小船应停泊的地方，照史籍上所说，出丹砂，出辰川符。事实上却只出胖人，出肥猪，出鞭炮，出雨桑一条长长的河街。长街尽头飘扬着用红黑二色写上扁方体字税关的幡信，税关前停泊了无数上下行验关的船只。长街尽头油坊围墙如城垣，长年有油可打。打油匠摇荡悬空油槌，訇的向前抛去时，莫不伴以摇曳长歌，由日到夜，不知休止。河中长年有大木筏停泊，每一木筏浮江而下时，同时四方角隅至少有三十个人举桡激水。沿河吊脚楼下泊定了大而明黄的船只，船尾高张，常到两丈左右，小船从下面过身时，仰头看去恰如一间大屋。（那上面必用金漆写的有福字同顺字！）这个地方就是我一提及它时充满了感情的辰州。

　　小船去辰州还约三十里，两岸山头已较小，不再壁立拔峰，渐渐成为一堆堆黛色与浅绿相间的邱阜，山势既较和平，河水也温和多了。两岸人家渐渐越来越多，随处可以见到毛竹林。山头

136

已无雪，虽尚不出太阳，气候干冷，天空倒明明朗朗。小船顺风张帆向上流走去时，似乎异常稳定。

但小船今天至少还得上三个滩与一个长长的急流。

大约九点钟时，小船到了第一个长滩脚下了，白浪从船旁跑过，快如奔马，在惊心炫目情形中小船居然上了滩。小船上滩照例并不如何困难，大船可不同一点。滩头上就有四只大船斜卧在白浪中大石上，毫无出险的希望。其中一只货船，大致还是昨天才坏事的，只见许多水手在石滩上搭了棚子住下，且摊晒了许多被水浸湿的货物。正当我那只小船上完第一滩时，却见一只大船，正搁浅在滩头激流里。只见一个水手赤裸着全身向水中跳去，想在水中用肩背之力使船只活动，可是人一下水后，就即刻为激流带走了。在浪声哮吼里尚听到岸上人沿岸追喊着，水中那一个大约也回答着一些遗嘱之类，过一会儿，人便不见了。这个滩共有九段。这件事从船上人看来，可太平常了。

小船上第二段时，河流已随山势曲折，再不能张帆取风，我担心到这小小船只的完全问题，就向掌舵水手提议，增加一个临时纤手，钱由我出。得到了他的同意，一个老头子，牙齿已脱，白须满腮，却如古罗马战士那么健壮，光着手脚蹲在河边那个大青石上讲生意来了。两方面都大声嚷着而且辱骂着，一个要一千，一个却只出九百，相差那一百钱折合银洋约一分一厘。那方面既坚持非一千文不出卖这点气力，这一方面却以为小船根本不必多出这笔钱给一个老头子。我即或答应了不拘多少钱统由我出，船上三个水手，一面与那老头子对骂，一面把船开到急流里去了。见小船已开出后，老头子方不再坚持那一分钱，却赶忙从大石上一跃而下，自动把背后纤板上短绳，缚定了小船的竹缆，躬着腰向前走去了。

待到小船业已完全上滩后，那老头就赶到船边来取钱，互相又是一阵辱骂。得了钱，坐在水边大石上一五一十数着。我问他有多少年纪，他说七十七。那样子，简直是一个托尔斯泰！眉毛那么长，鼻子那么大，胡子那么多，一切都同画像上的托尔斯泰相去不远。看他那数钱神气，人快到八十了，对于生存还那么努力执着，这人给我的印象真太深了。但这个人在他们弄船人看来，一个又老又狡猾的东西罢了。

小船上尽长滩后，到了一个小小水村边，有母鸡生蛋的声音，有人隔河喊人的声音，两山不高而翠色迎人。许多等待修理的小船，一字排开斜卧在岸上，有人在一只船边敲敲打打，我知道他们正用麻头与桐油石灰嵌进船缝里去。一个木筏上面还搁了一只小船，在平潭中溜着。忽然村中有炮仗声音，有唢呐声音，且有锣声；原来村中人正接媳妇。锣声一起，修船的，放木筏的，划船的，无不停止了工作，向锣声起处望去。——多美丽的一幅图画，一首诗！但除了一个从城市中因事挤出的人觉得惊讶，难道还有谁看到这些光景矍然神往。

下午二时左右，我坐的那只小船，已经把辰河由桃源到沅陵一段路程主要滩水上完，到了一个平静长潭里。天气转晴，日头初出，两岸小山作浅绿色，山水秀雅明丽如西湖。船离辰州只差十里，我估计过不久，船到了白塔下再上个小滩，转过山嘴，就可以见到税关上飘扬的长幡信了。

想起再过两点钟，小船泊到泥滩上后，我就会如同我小说写到的那个柏子一样，从跳板一端摇摇荡荡地上了岸，直向有吊脚楼人家的河街走去，再也不能蜷伏在船里了。

我坐到后舱口日光下，向着河流清算我对于这条河水这个地方的一切旧账。原来我离开这地方已十六年。十六年的日子实在过得太快了一点。想起从这堆日子中所有人事的变迁，我轻轻地叹息了好些次。这地方是我第二个故乡。我第一次离乡背井，随了那一群肩扛刀枪向外发展的武士为生存而战斗，就停顿到这个码头上。这地方每一条街每一处衙署，每一间商店，每一个城洞里做小生意的小担子，还如何在我睡梦里占据一个位置！这个河码头在十六年前教育我，给我明白了多少人事，帮助我做过多少幻想，如今却又轮到它来为我温习那个业已消逝的童年梦境来了。

望着汤汤的流水，我心中好像忽然彻悟了一点人生，同时又好像从这条河上，新得到了一点智慧。的的确确，这河水过去给我的是"知识"，如今给我的却是"智慧"。山头一抹淡淡的午后阳光感动我，水底各色圆如棋子的石头也感动我。我心中似乎毫无渣滓，透明烛照，对万汇百物，对拉船人与小小船只，一切都那么爱着，十分温暖地爱着！我的感情早已融入这第二故乡一切光景声色里了。我仿佛很渺小很谦卑，对一切有生无生似乎都在伸手，且微笑地轻轻地说："我来了，是的，我仍然同从前一样地来了。我们全是原来的样子，真令人高兴。你，充满了牛粪桐油气味的小小河街，虽稍稍不同了一点，我这张脸，大约也不同了一点。可是，很可喜的是我们还互相认识，只因为我们过去实在太熟习了！"

看到日夜不断千古长流河水里的石头和砂子，以及水面腐烂的草木，破碎的船板，使我触着了一个使人感觉惆怅的名词。我想起"历史"。一套用文字写成的历史，除了告给我们一些另一时代另一群人在这地面上相斫相杀的故事以外，我们绝不会再多知道一些要知道的事情。但这条河流，却告给了我若干年来若干人类的哀乐！小小灰色的渔船，船舷船顶站满了黑色沉默的鱼鹰，向下游缓缓划去了。石滩上走着脊梁略弯的拉船人。这些东西于历史似乎毫无关系，百年前或百年后皆仿佛同目前一样。他们那么忠实庄严地生活，担负了自己那份命运，为自己，为儿女，继续在这世界中活下去。不问所过的是如何贫贱艰难的日子，却从不逃避为了求生而应有的一切努力。在他们生活爱憎得失里，也依然摊派了哭，笑，吃，喝。对于寒暑的来临，他们便更比其他世界上人感到四时交替的严肃。历史对于他们俨然毫无意义，然而提到他们这点千年不变无可记载的历史，却使人引起无言的哀戚。

我有点担心，地方一切虽没有什么变动，我或者变得太多了一点。

自　传

我所生长的地方

　　拿起我这支笔来，想写点我在这地面上二十年所过的日子，所见的人物，所听的声音，所嗅的气味；也就是说我真真实实所受的人生教育，首先提到一个我从那儿生长的边疆僻地小城时，实在不知道怎样来着手就较方便些。我应当照城市中人的口吻来说，这真是一个古怪地方！只由于两百年前满人治理中国土地时，为镇抚与虐杀残余苗族，派遣了一队戍卒屯丁驻扎，方有了城堡与居民。这古怪地方的成立与一切过去，有一部《苗防备览》记载了些官方文件，但那只是一部枯燥无味的官书。我想把我一篇作品里所简单描绘过的那个小城，介绍到这里来。这虽然只是一个轮廓，但那地方一切情景，欲浮凸起来，仿佛可用手去摸触。

　　一个好事人，若从二百年前某种较旧一点的地图上去寻找，当可在黔北、川东、湘西一处极偏僻的角隅上，发现一个名为"镇筸"的小点。那里同别的小点一样，事实上应当有一个城市，在那城市中，安顿下三五千人口。不过一切城市的存在，大部分都在交通、物产、经济活动情形下面，成为那个城市枯荣的因缘，这一个地方，却以另外一个意义无所依附而独立存在。试将那个用粗糙而坚实巨大石头砌成的圆城作为中心，向四方展开，围绕了这边疆僻地的孤城，约有五百左右的碉堡，二百左右的营汛。碉堡各用大石块堆成，位置在山顶头，随了山岭脉络蜿蜒各处走去；营汛各位置在驿路上，布置得极有秩序。这些东西在一百八十年前，是按照一种精密的计划，各保持相当距离，在周围数百里内，平均分配下来，解决了退守一隅常作"蠢动"的边苗"叛变"的。

两世纪来清朝的暴政，以及因这暴政而引起的反抗，血染红了每一条官路同每一个碉堡。到如今，一切完事了，碉堡多数业已毁掉了，营汛多数成为民房了，人民已大半同化了。落日黄昏时节，站到那个巍然独在万山环绕的孤城高处，眺望那些远近残毁碉堡，还可依稀想见当时角鼓火炬传警告急的光景。这地方到今日，已因为变成另外一种军事重心，一切皆用一种迅速的姿势在改变，在进步，同时这种进步，也就正消灭到过去一切。

凡有机会追随了屈原溯江而行那条长年澄清的沅水，向上游去的旅客和商人，若打量由陆路入黔入川，不经古夜郎国，不经永顺、龙山，都应当明白"镇筸"是个可以安顿他的行李最可靠也最舒服的地方。那里土匪的名称不习惯于一般人的耳朵。兵卒纯善如平民，与人无侮无扰。农民勇敢而安分，且莫不敬神守法。商人各负担了花纱同货物，洒脱地向深山中村庄走去，同平民做有无交易，谋取什一之利。地方统治者分数种：最上为天神，其次为官，又其次才为村长同执行巫术的神的侍奉者。人人洁身信神，守法爱官。每家俱有兵役，可按月各自到营上领取一点银子，一份米粮，且可从官家领取二百年前被政府所没收的公田耕耨播种。城中人每年各按照家中有无，到天王庙去杀猪，宰羊，磔狗，献鸡，献鱼，求神保佑五谷的繁殖，六畜的兴旺，儿女的长成，以及作疾病婚丧的禳解。人人皆依本分担负官府所分派的捐款，又自动地捐钱与庙祝或单独执行巫术者。

一切事保持一种淳朴习惯，遵从古礼；春秋二季农事起始与结束时，照例有年老人向各处人家敛钱，给社稷神唱木傀儡戏。旱暵祈雨，便有小孩子共同抬了活狗，带上柳条，或扎成草龙各处走去。春天常有春官，穿黄衣各处念农事歌词。岁暮年末居民便装饰红衣傩神于家中正屋，捶大鼓如雷鸣，苗巫穿鲜红如血衣服，吹镂银牛角，拿铜刀，踊跃歌舞娱神。城中的住民，多当时派遣移来的戍卒屯丁。此外则有江西人在此卖布，福建人在此卖烟，广东人在此卖药。地方由少数读书人与多数军官，在政治上与婚姻上两面的结合，产生一个上层阶级，这阶级一方面用一种保守稳健的政策，长时期管理政治，一方面支配了大部分属于私有的土地；而这阶级的来源，却又仍然出于当年的戍卒屯丁，地方城外山坡上产桐树杉树，矿坑中有朱砂水银，松林里生菌子，山洞中多硝。

城乡全不缺少勇敢忠诚适于理想的兵士，与温柔耐劳适于家庭的妇人。在军校阶级厨房中，出异常可口的菜饭，在伐树砍柴人口中，出热情优美的歌声。

地方东南四十里接近大河，一道河流肥沃了平衍的两岸，多米，多橘柚。西北二十里后，即已渐入高原，近抵苗乡，万山重叠。大小重叠的山中，大杉树以长年深绿逼人的颜色，蔓延各处。一道小河从高山绝涧中流出，汇集了万山细流，沿了两岸有杉树林的河沟奔驶而过，农民各就河边编缚竹子做成水车，引河中流水，灌溉高处的山田。河水长年清澈，其中多鳜鱼，鲫鱼，鲤鱼，大的比人脚板还大。河岸上那些人家里，常常可以见到白脸长身见人善作媚笑的女子。小河水流环绕"镇筸"北城下驶，到一百七十里后方汇入辰河，直抵洞庭。

这地方又名凤凰厅，到民国后便改成了县治，名凤凰县。辛亥革命后，湘西镇守使与辰沅道皆驻节在此地。

地方居民不过五六千，驻防各处的正规兵士却有七千。由于环境的不同，直到现在其地绿营兵役制度尚保存不废，为中国绿营军制唯一残留之物。

我就生长在这样一个小城里，将近十五岁时方离开。出门两年半回过那小城一次以后，直到现在为止，那城门我还不再进去过。但那地方我是熟习的。现在还有许多人生活在那个城市里，我却常常生活在那个小城过去给我的印象里。

我的家庭

咸同之季，中国近代史极可注意之一页，曾左胡彭所带领的湘军部队中，筸军有个相当的位置。统率筸军转战各处的是一群青年将校，原多卖马草为生，最著名的为田兴恕与当时同伴数人，年在二十岁左右，同时得到清朝提督衔的共有四位，其中有一沈洪富，便是我的祖父。这青年军官二十二岁左右时，便曾做过一度云南昭通镇守使。同治二年，二十六岁又做过贵州总督，到后因创伤回到家中，终于在家中死掉了。这青年军官死去时，所留下的一份光荣与一份产业，使他后嗣在本地方占了个较优越的地位。祖父本无子息，祖母为住乡下的叔祖父沈洪芳娶了个苗族姑娘，生了两个儿子，把老二过房做儿子。照当地习惯，和苗族所生儿女无社会地位，不能参与文武科举，因此这个苗女人被远远嫁去，乡下虽埋了个坟，却是假的。我照血统说，有一部分应属于苗族。我四五岁时，还曾到黄罗寨乡下去那个坟前磕过头。到一九二二年离开湘西时，在沅陵才从父亲口中明白这件事情。

就由于存在本地军人口中那一份光荣，引起了后人对军人家世的骄傲，我的父亲生下地时，祖母所期望的事，是家中再来一个将军。家中所期望的并不曾失望，自体魄与气度两方面说来，我爸爸生来就不缺少一个将军的风仪。硕大，结实，豪放，爽直，一个将军所必需的种种本色，爸爸无不兼备。爸爸十岁左右时，家中就为他请了武术教师同老塾师，学习做将军所不可少的技术与学识。但爸爸还不曾成名以前，我的祖母却死去了。那时正是庚子联军入京的第三年。当庚子年大沽失守，镇守大沽的罗提督自尽殉职时，我的爸爸便正在那里做他身边一员裨将。那次战争据说毁去了我家中产业的一大半。由于爸爸的爱好，家中一点较值钱的宝货常放在他身边，这一来，便完全失掉了。战事既已不可收拾，北京失陷后，爸爸回到了家乡。第三年祖母死去。祖母死时我刚活到这世界上四个月。那时我头上已经有两个姐姐，一个哥哥。没有庚子的战争，我爸爸不会回来，我也不会存在。关于祖母的死，我仿佛还依稀记得包裹得紧紧的，我被谁抱着在一个白色人堆里转动，随后还被搁到一个桌子上去。我家中自从祖母死后十余年内不曾死去一人，若不是我在两岁以后做梦，这点影子便应当是那时唯一的记忆。

我的兄弟姊妹共九个，我排行第四，除去幼年殇去的姊妹，现在生存的还有五个，计兄弟姊妹各一，我应当在第三。

我的母亲姓黄，年纪极小时就随同我一个舅父外出在军营中生活，所见事情很多，所读的书也似乎较爸爸读的稍多。

外祖黄河清是本地最早的贡生，守文庙做书院山长，也可说是当地唯一读书人。所以我母亲极小就认字读书，懂医方，会照相。舅父是个有新头脑的人物，本县第一个照相馆是那舅父办的，第一个邮政局也是舅父办的。我等兄弟姊妹的初步教育，便全是这个瘦小机警、富于胆气与常识的母亲担负的。我的教育得于母亲的不少，她告我认字，告我认识药名，告我决断——做男子极不可少的决断。我的气度得于父亲影响的较少，得于妈妈的似较多。

我读一本小书同时又读一本大书

　　因为先前那个学校比较近些，虽常常绕道上学，终不是个办法，且因绕道过远，把时间耽误太久时，无可托词。现在的学校可真很远很远了，不必包绕偏街，我便应当经过许多有趣味的地方了。从我家中到那个新的学塾里去时，路上我可看到针铺门前永远必有一个老人戴了极大的眼镜，低下头来在那里磨针。又可看到一个伞铺，大门敞开，做伞时十几个学徒一起工作，尽人欣赏。又有皮靴店，大胖子皮匠，天热时总腆出一个大而黑的肚皮（上面有一撮毛！）用夹板上鞋。

　　又有剃头铺，任何时节总有人手托一个小小木盘，呆呆地在那里尽剃头师傅刮脸。又可看到一家染坊，有强壮多力的苗人，踹在凹形石碾上面，站得高高的，手扶着墙上横木，偏左偏右地摇荡。又有三家苗人打豆腐的作坊，小腰白齿头包花帕的苗妇人，时时刻刻口上都轻声唱歌，一面引逗缚在身背后包单里的小苗人，一面用放光的红铜勺舀取豆浆。我还必须经过一个豆粉作坊，远远的就可听到骡子推磨隆隆的声音，屋顶棚架上晾满白粉条。我还得经过一些屠户肉案桌，可看到那些新鲜猪肉砍碎时尚在跳动不止。我还得经过一家扎冥器出租花轿的铺子，有白面无常鬼，蓝面阎罗王，鱼龙，轿子，金童玉女。每天且可以从他那里看出有多少人接亲，有多少冥器，那些定做的作品又成就了多少，换了些什么式样。

并且还常常停顿下来，看他们贴金敷粉，涂色，一站许久。

我就欢喜看那些东西，一面看一面明白了许多事情。

每天上学时，我照例手肘上挂了那个竹书篮，里面放十多本破书。在家中虽不敢不穿鞋，可是一出了大门，即刻就把鞋脱下拿到手上，赤脚向学校走去。不管如何，时间照例是有多余的，因此我总得绕一节路玩玩。

既然到了溪边，有时候溪中涨了小小的水，就把裤管高卷，书篮顶在头上，一只手扶着，一只手照料裤子，在沿了城根流去的溪水中走去，直到水深齐膝处为止。学校在北门，我出的是西门，又进南门，再绕从城里大街一直走去。在南门河滩方面我还可以看一阵杀牛，机会好时恰好正看到那老实可怜畜牲放倒的情形。因为每天可以看一点点，杀牛的手续同牛内脏的位置，不久也就被我完全弄清楚了。再过去一点就是边街，有织簟子的铺子，每天任何时节皆有几个老人坐在门前小凳子上，用厚背的钢刀破篾，有两个小孩子蹲在地上织簟子。（我对于这一行手艺所明白的种种，现在说来似乎比写字还在行。）又有铁匠铺，制铁炉同风箱皆占据屋中，大门永远敞开着，时间即或再早一些，也可以看到一个小孩子两只手拉着风箱横柄，把整个身子的分量前倾后倒，风箱于是就连续发出一种吼声，火炉上便放出一股臭烟同红光。待到把赤红的热铁拉出搁放到铁砧上时，这个小东西，赶忙舞动细柄铁锤，把铁锤从身背后扬起，在身面前落下，火花四溅地一下一下打着。有时打的是一把刀，有时打的是一件农具。

有时看到的又是这个小学徒跨在一条大板凳上，用一把凿子在未淬水的刀上起去铁皮，有时又是把一条薄薄的钢片嵌进熟铁里去。日子一多，关于任何一件铁器的制造秩序，我也不会弄错了。边街又有小饭铺，门前有个大竹筒，插满了用竹子削成的筷子。有干鱼同酸菜，用钵头装满放在门前柜台上。引诱主顾上门，意思好像是说，"吃我，随便吃我，好吃！"每次我总仔细看看，真所谓"过屠门而大嚼"，也过了瘾。

我最欢喜天上落雨，一落了小雨，若脚下穿的是布鞋，即或天气正当十冬腊月，我也可以用恐怕湿却鞋袜为辞，有理由即刻脱下鞋袜赤脚在街上走路。但最使人开心事，还是落过大雨以后，街上许多地方已被水所浸没，许多地方阴沟中涌出水来，在这些地方照例常常有人不能过身，我却赤着两脚故意向深水中走去。若河中涨了大水，照例上游会漂流的有木头，家具、南瓜同其他东西，就赶快到横跨大河的桥上去看热闹。桥上必已经有人用长绳系定了自己的腰身，在桥头上待着，注目水中，有所等待。看到有一段大木或一件值得下水的东西浮来时，就踊身一跃，骑到那树上，或傍近物边，把绳子缚定，自己便快快地向下游岸边泅去。另外几个在岸边的人把水中人援助上岸后，就把绳子拉着，或缠绕到大石上大树上去，于是第二次又有第二人来在桥头上等候。我欢喜看人在洄水里扳罾，巴掌大的活鲫鱼在网中蹦跳。一涨了水，照例也就可以看这种有趣味的事情。照家中规矩，一落雨就得穿上钉鞋，我可真不愿意穿那种笨重钉鞋。虽然在半夜时有人从街巷里过身，钉鞋声音实在好听，大白天对于钉鞋，我依然毫无兴味。

若在四月落了点小雨，山地里田塍上各处都是蟋蟀声音，真使人心花怒放。在这些时节，我便觉得学校真没有意思，简直坐不住，总得想方设法逃学上山去捉蟋蟀。有时没有什么东西安置这小东西，就走到那里去，把第一只捉到手后又捉第二只，两只手各有一只后，就听第三只。本地蟋蟀原分春秋二季，春季的多在田间泥里草里，秋季的多在人家附近石罅里瓦砾中，如今既然这东西只在泥层里，故即或两只手心各有一匹小东西后，我总还可以想方设法把第三只从泥土中赶出，看看若比较手中的大些，即开释了手中所有，捕捉新的，如此轮流换去，一整天方捉回两只小虫。城头上有白色炊烟，街巷里有摇铃铛卖煤油的声音，约当下午三点左右时，赶忙走到一个刻花板的老木匠那里去，很兴奋地同那木匠说："师傅师傅，今天可捉了大王来了！"

　　那木匠便故意装成无动于衷的神气，仍然坐在高凳上玩他的车盘，正眼也不看我的说："不成，要打打得赌点输赢！"

　　我说："输了替你磨刀成不成？"

　　"嗨，够了，我不要你磨刀，你哪会磨刀！上次磨凿子还磨坏了我的家伙！"

　　这不是冤枉我，我上次的确磨坏了他一把凿子。不好意思再说磨刀了，我说："师傅，那这样办法，你借给我一个瓦盆子，让我自己来试试这两只谁能干些好不好？"我说这话时真怪和气，为的是他以逸待劳，若不允许我还是无办法。

　　那木匠想了想，好像无可奈何才让步的样子，"借盆子得把战败的一只给我，算作租钱。"

　　我满口答应："那成，那成。"

于是他方离开车盘，很慷慨地借给我一个泥罐子，顷刻之间我就只剩下一只蟋蟀了。这木匠看看我捉来的虫还不坏，必向我提议："我们来比比，你赢了我借你这泥罐一天；你输了，你把这蟋蟀输给我，办法公平不公平？"我正需要那么一个办法，连说"公平，公平"，于是这木匠进去了一会儿，拿出一只蟋蟀来同我的斗，不消说，三五回合我的自然又败了。

他的蟋蟀照例却常常是我前一天输给他的。那木匠看看我有点颓丧，明白我认识那匹小东西，担心我生气时一摔，一面赶忙收拾盆罐，一面带着鼓励的我神气笑笑地说："老弟，老弟，明天再来，明天再来！你应当捉好的来，走远一点。明天来，明天来！"

我什么话也不说，微笑着，出了木匠的大门，空手回家了。

这样一整天在为雨水泡软的田塍上乱跑，回家时常常全身是泥，家中当然一望而知，于是不必多说，沿老例跪一根香，罚关在空房子里，不许哭，不许吃饭。等一会儿我自然可以从姐姐方面得到充饥的东西。悄悄地把东西吃下以后，我也疲倦了，因此空房中即或再冷一点，老鼠来去很多，一会儿就睡着，再也不知道如何上床的事了。

预备兵的技术班

家中听说我一到那边去，既有机会考一份口粮，且明白里面规矩极严，以为把我放进去受预备兵的训练，实在比让我在外面撒野较好。即或在技术班免不了从天桥掉下的危险，但有人亲眼看到掉下来，总比无人照料，到那些空山里从高崖上摔下来好些，因此当时便答应了。母亲还为我缝了一套灰布制服。

我把这消息告给学校那个梁班长时，军衣还不曾缝好，他就带我去见了一次姓陈的教官。我第一次见到那个挺着胸脯的人，实在有点害怕。但我却因为听说他的杠杆技术曾经得过全省锦标，能够在天桥上竖蜻蜓用手来回走四五次，又能在杠杆上打大车轮至四十来次，简直是个新式徐良、黄天霸，因此虽畏惧他却也欢喜他。

这教官给我的第一次印象既不坏，此后的印象也十分好。他对于我似乎也还满意。先看我人那么小，排队总在最后一名，在操场中跑步时，便把我剔出，到"正步走""向后转"走时，我的步子较小一点，又想法让我不吃亏。但经过十天后，我的能力和勇敢，就得到他完全的承认，做任何事应当大家去做的，我头上也总派到一份了。

我很感谢那教官，由于他那份严厉，逼迫我学会了一种攀杠杆的技术，到后来还用这点技术救过我自己一次生命的危险。我身体到后在军队中去混了那么久，那一次重重的伤寒病四十天的高热，居然能够支持下来，未必不靠从技术班训练好的一个结实体格所帮助。我的身体是因从小营养不良显得脆弱，性格方面永远保持到一点坚实军人的风味，不管有什么困难总去做，不大关心成败得失，似乎也就是那将近一年的训练养成的。

我进到了那军役补习班后，才知道原来在学校做班长的梁凤生，在技术班也还是我们的班长。我在里面得到他的帮助可不少。一进去时的单人教练，他就做了我的教师。当每人到小操场的砂地上学习打筋斗时，用腰带束了我的腰，两个人各用手紧紧地抓着那根带子，好在我正当把两只手垫到地面，想把身体翻过去再一下挺起时，他就赶忙用手一拉，使我不要扭坏腰腿。有时我攀上杠杆，用膀子向后反挂，预备来一次背车，在旁小心照料的也总是他。有时一不小心摔到砂地上，跌哑了喉，想说话无论如何怎样用力再也说不出口，一为他见及，就赶忙搀起我来，扶着我乱跑，必得跑过好一阵，我方说得出话，不至于出现后遗症。

这人在学校书既读得极好，每次考试总得第一，过技术班来成绩也非常好。母亲是一个寡妇，守着三个儿子，替人缝点衣服过日子。这同学散操以后，便跑回去，把那个早削好装满甘蔗的篮子，提上街到各处去叫卖，把甘蔗卖完便赚回三五十个小钱。这人虽然为了三五十个钱，每个晚上总得大街小巷地走去。可是在任何地方一遇到同学好友时，总一句话不说，走到你身边来，把一节值五文一段的甘蔗，突然一下塞到你的手里，风快的就跑掉了。我遇到他这样两次，心中真感动得厉害。我并不想吃那甘蔗，却因为他那种慷慨大方处，白日见他时简直使我十分害羞。

这朋友虽待得我很好，可是在学校方面，我最好的一个同学，却是个姓陈名肇林的。在技术班方面，好朋友也姓陈，名继瑛。这个陈继瑛家只隔我家五户。照本地习惯，下午三点即吃晚饭，他每天同我一把晚饭吃过后，就各人穿了灰布军服，在街上气昂昂地并排走出城去。每出城到门洞边时，卖牛肉的屠户，正在收拾他的业务，总故意逗我们，喊叫我们作"排长"。一个守城的老兵，也总故意做一个鬼脸，说两句无害于事的玩笑话。两人心中以为这是小玩笑，我们上学为的是将来做大事，这些小处当然用不着在意。

当时我们所想的实在与这类事不同，他只打量做团长，我就只想进陆军大学。即或我爸爸希望做一将军终生也做不到，但他把祖父那一份过去光荣，用许多甜甜的故事输入到这荒唐顽皮的小脑子里后，却料想不到，发生了很大的影响。书本既不是我所关心的东西，国家又革了命，我知道"中状元"已无可希望，却俨然有一个"将军"的志气。家中别的什么教育都不给我，所给的也恰恰是我此后无多大用处的。可是爸爸给我的教育，却对于我此后生活的转变，以及在那个不利于我读书的生活中支持，真有很大的益处。体魄不甚健实的我，全得爸爸给我那份启发，使我在任何困难情形中总不气馁，任何得意生活中总不自骄，比给我任何数目的财产，还似乎更贵重难得。

当营上的守兵不久有了几名缺额，我们那一组应当分配一名时，我照例去考过一次。考试的结果当然失败。但我总算把各种技术演习了那么一下。也在小操场杠杆上做挂腿翻上，再来了十个背车。又蹿了一次木马，走了一度天桥，且在平台上拿了一个大顶，再丢手侧身倒掷而下。又在大操场指挥一个十人组成的小队做正步，跑步，跪下，卧下种种口令，完事时还跑到阅兵官面前，用急促的声音完成一种报告。

操演时因为有镇守署中的参谋长和别的许多军官在场，临事虽不免有点慌张，但一切动作做得还不坏，不跌倒，不吃砂，不错误手续。且想想，我那时还是一个十三岁半的孩子！这次结果守兵名额虽然被一位美术学校的学生田大哥得去了，大家却并不难过，（这人原先在艺术学校考第一名，在我们班里做了许久大队长，各样都十分了得。这人若当时机会许可他到任何大学去读书，一定也可做个最出色的大学生。若机会许可他上外国去学艺术，在绘画方面的成就，会成一颗放光的星子。可是到后来机会委屈了他，环境限止了他，自己那点自足骄傲脾气也妨碍了他。十年后跑了半个中国，还是在一个少校闲曹的位置上打发日月。）当时各人虽没有得到当兵的荣耀，全体却十分快乐。我记得那天回转家里时，家中人问及一切，竟对我亲切地笑了许久。且因为我得到过军部的奖语，仿佛便以为我未来必有一天可做将军。为了欢迎这未来将军起见，第二天杀了一只鸡，鸡肝鸡头全为我独占。

第二回又考试过一次，那守兵的缺额却为一个姓舒的小孩子占去了，这人年龄和我不相上下，各种技术皆不如我，可是却有一份独特的胆量，能很勇敢地在一个两丈余高的天桥上，翻倒筋斗掷下，落地时身子还能站立稳稳的，因此大家仍无话说。这小孩子到后两年却害热病死了。

第三次的兵役给了一个名"田棒捶"的，能跳高，撑篙跳会考时第一。这人后来当兵出防到外县去，也因事死掉了。

我在那里考过三次，得失之间倒不怎么使家中失望。家中人眼看着我每天能够把军服穿得整整齐齐的过军官团上操，且明白了许多军人礼节，似乎上了正路，待我也好了许多。可是技术班全部组织，差不多全由那教官一人所主持，全部精神也差不多全得那教官一人所提起，就由于那点稀有精神，被那位镇守使看中了意，当他卫队团的营副出了缺时，我们那教官便被调去了。教官一去，学校自然也无形解体了。

这次训练算来大约是八个月，因为起始在吃月饼的八月，退伍是次年开桃花的三月。我记得那天散操回家，我还在一个菜园里摘了一大把桃花回家。

那年我死了一个二姐，她比我大两岁，美丽，骄傲，聪明，大胆，在一行九个兄弟姐妹中，这姐姐比任何一个都强过一等。她的死也就死在那份要好使强的性格上。我特别伤心，埋葬时，悄悄带了一株山桃插在坟前土坎上。过了快二十年从北京第一次返回家乡上坟时，想不到那株山桃树已成了两丈多高一株大树。

一个老战兵

当时在补充兵的意义下，每日受军事训练的，本城计分三组，我所属的一组为城外军官团陈姓教官办的，那时说来似乎高贵一些。另一组在城里镇守使衙门大操坪上操的，归镇守使署卫队杜连长主持，名分上便较差些。这两处都用新式入伍训练。还有一处归我本街一个老战兵滕四叔所主持，用的是旧式教练。新式教练看来虽十分合用，钢铁的纪律把每个人皆造就得自重强毅，但实在说来真无趣味。且想想，在附近中营游击衙门前小坪操练的一群小孩子，最大的不过十七岁，较小的还只十二岁，一下操场总是两点钟，一个跑步总是三十分钟，姿势稍有不合就是当胸一拳，服装稍有疏忽就是一巴掌。盘杠杆，从平台上拿顶，向木马上扑过，一下子掼到地上时，哼也不许哼一声。过天桥时还得双眼向前平视，来回做正步通过。野外演习时，不管是水是泥，喊卧下就得卧下。这些规矩纪律真不大同本地小孩性格相宜。可是旧式的那一组，却太潇洒了。他们学的是翻筋斗，打藤牌，舞长稍，耍齐眉棍。我们穿一色到底的灰衣，他们却穿各色各样花衣。他们有描花皮类的方盾牌，藤类编成的圆盾牌，有弓箭，有标枪，有各种华丽悦目的武器。他们或单独学习，或成对厮打，各人可各照自己意见去选择。他们常常是一人手持盾牌军刀，一人使关刀或戈矛，照规矩练"大刀取耳""单戈破牌"或其他有趣厮杀题目。两人一面厮打一面大声喊"砍""杀""摔""坐",应当归谁翻一个筋斗时,另一个就用敏捷的姿势退后一步,让出个小小地位。应当归谁败下时,战败的跌倒时也有一定的章法,做得又自然,又活泼。做教师的在身旁指点,稍有了些错误自己就占据到那个地位上去示范,为他们纠正错误。

这教师就是个奇人趣人,不拘向任何一方翻筋斗时,毫不用力,只需把头一偏,即刻就可以将身体在空中打一个转折。他又会爬树,极高的桅子,顷刻之间就可上去。他又会拿顶,在城墙雉堞上,在城楼上,在高桅半空棋料上,无地无处不可以身体倒竖把手当成双脚,来支持很久的时间。他又会汩水,任何深处都可以一余子到底,任何深处都可以汩去。他又会摸鱼,钓鱼,叉鱼,有鱼的地方他就可以得鱼。他又明医术,谁跌碰伤了手脚时,随手采几样路边草药,捣碎敷上,就可包好。他又善于养鸡养鸭,大门前常有许多高贵种类的斗鸡。他又会种花,会接果树,会用泥土捏塑人像。

这旧式的一组能够存在,且居然能够招收许多子弟,实在说来,就全为的是这个教练的奇才异能。他虽同那么一大堆小孩子成天在一处过日子,却从不拿谁一个钱,也从不要公家津贴一个钱。他只属于中营的一个老战兵,他做这件事也只因为他欢喜同小孩子在一处。全城人皆喊他为"滕师傅",他却的的确确不委屈这一个称呼。他样样来得懂得,并且无一事不精明在行,你要骗他可不成,你要打他你打不过他。最难得处就是他比谁都和气,比谁都公道。但由于他是一个不识字的老战兵,见"额外""守备"这一类小官时也得谦谦和和地喊一声"总爷"。他不单教小孩子打拳，有时还鼓励小孩子打架；他不只教他们摆阵，甚至于还教他们洗澡、赌博。因此家中有规矩点的小孩，却不大到他这里来，到他身边来的，多数是些寒微人家子弟。

他家里藏了漆朱红花纹的牛皮盾牌，带红缨的标枪，镀银的方天画戟，白檀木的齐眉棍。他家中有无数的武器，同时也有无数的玩具：有锣、有鼓、有笛子胡琴，渔鼓简板，骨牌纸牌，无不齐全。大白天，家中照例当常有人唱戏打牌，如同一个俱乐部。到了应当练习武艺时，弟子儿郎们便各自打了武器到操坪去。天气炎热不练武，吃过饭后就带领一群小孩，并一笼雏鸭，拿了光致致的小鱼叉，一同出城下河去教练小孩子泅水，且用极优美姿势钻进深水中去摸鱼。

在我们新式操练两组里，谁犯了事，不问年龄大小，不是当胸一拳，就是罚半点钟立正，或一个人独自绕操场跑步一点钟。可是在他们这方面，就不作兴这类苛刻处罚。一提到处罚，他们就嘲笑这是种"洋办法"，事情由他们看来十分好笑。至于他们的错误，改正错误的，却总是那师傅来一个示范的典雅动作，相伴一个微笑。犯了事，应该处罚，也总不外是罚他泅过河一次，或类似有趣味的待遇，在处罚中即包含另一种行为的奖励。我们敬畏老师，一见教官时就严肃了许多，也拘束了许多。他们则爱他的师傅，一近身时就潇洒快乐了许多。我们那两组学到后来得学打靶、白刃战的练习，终点是学科中的艰深道理，射击学，筑城学，以及种种不顺耳与普通生活无关系的名词。他们学到后来却是驰马射箭，再多学些便学摆阵，人穿了五彩衣服，扛了武器和旗帜，各自随方位调动，随金鼓声进退。我们永远是枯燥的，把人弄呆板起来，对生命不流动的。他们却自始至终使人活泼而有趣味，学习本身同游戏就无法分开。

本地武备补充训练既分三处，当时从学的，最合于事实的希望，大都只盼得一个守兵的名额。我们新式操练成绩虽不坏，可是有守兵出缺实行考试时，还依然让那老战兵所教练的旧式一组得去名额最多。即到十六年后的现在，从三处出身的军官，精明，能干，勇敢，负责，也仍然是一个从他那儿受过基础教育的张姓团长，最在行出色。

当时我同那老战兵既同住一条街上，家中间或有了什么小事，还得常常请他帮点忙。譬如要点药，或做点别的事，总少不了他。可是家中却不许我跟这老战兵在一处，还是要我扛了一支长长的青竹子，出城过军官团去学习撑篙跳，让班长用拳头打胸脯，大约就为的是担心我跟这样俗气的人把习惯弄坏。但家中却料不到十来年后，在军队中好几次危险，我用来自救救人的知识，便差不多全是从那老战兵学来的！

在我那地方，学识方面使我敬重的是我一个姨父，是个进士，辛亥后民选县知事。带兵方面使我敬重的是本地一统领官。做人最美技能最多，使我觉得他富于人性十分可爱的，就是这个老战兵。

家中对于我的放荡既缺少任何有效方法来纠正，家中正为外出的爸爸卖去了大部分不动产，还了几笔较大的债务，景况一天比一天坏下去。加之二姐死去，因此母亲看开了些，以为与其让我在家中堕入下流，不如打发我到世界上去学习生存。在各样机会上去做人，在各种生活上去得到知识与教训。

当我母亲那么打算了一下，决定了要让我走出家庭到广大社会中去竞争生存时，就去向一个杨姓军官谈及，得到了那方面的许可，应允尽我用补充兵的名义，同过辰州。那天我自己还正好泡在河水里，试验我从那老战兵学来的沉入水底以后的耐久力，与仰卧水面的上浮力。这天正是旧历七月十五中元节，我记得分明，到河边还为的是拿了些纸钱同水酒白肉奠祭河鬼。照习俗，这一天谁也不敢落水，河中清静异常。

纸钱烧过后，我却把酒倒到水中去，把一块半斤重熟肉吃尽，脱了衣裤，独自一人在清清的河水中拍浮了约两点钟。

七月十六那天早上，我就背了小小包袱，离开了本县学校，开始混进一个更广泛的学校了。

辰州（即沅陵）

离开了家中的亲人，向什么地方去，到那地方去又做些什么，将来有些什么希望，我一点儿也不知道。我还只是十四岁稍多点一个孩子，这个年龄似乎还不许可我注意到与家人分离的痛苦，我又那么欢喜看一切新奇东西，听一切新奇声响，且那么渴慕自由，所以初初离开本乡家中人时，深觉得无量快乐。

可是一上路，却有点忧愁了。同时上路的约三百人，我没有一个熟人。我身体既那么小，背上的包袱却似乎比本身还大。到处是陌生面孔，我不知道日里同谁吃饭，且不知道晚上同谁睡觉。听说当天得走六十里路，才可到有大河通船舶的地方，再坐船向下行。这么一段长路照我过去经验说来，还不知道是不是走得到。家中人担心我会受寒，在包袱中放了过多的衣服，想不到我还没享受这些衣服的好处以前，先就被这些衣服累坏了。

尤其使我害怕的，便是那些坐在轿子里的几个女孩子，和骑在白马上几个长官。这些人我全认得他们，这时他们已仿佛不再认识我。由于身份的自觉，当无意中他们轿马同我走近时，我实在又害怕又羞怯。为了逃避这些人的注意，我就同几个差弁模样的年轻人，跟在一伙脚夫后面走去。后来一个脚夫看我背上包袱太大了，人可又太小了一点，便许可我把包袱搭到他较轻的一头去。我同时又与一个中年差遣谈了话，原来这人是我叔叔一个同学。既有了熟人，又双手洒脱地走空路，毫不疲倦的，黄昏以前我们便到了一个名叫高村的大江边了。

一排篷船泊定在水边，大约有二十只，其中一只较大的还悬了一面红绸帅字旗。各个船头上全是兵士，各人都在寻觅着指定的船。那差遣已同我离开了，我便一个人背了那个大包袱，怯怯地站到岸上，随后向一只船旁冲去，轻轻地问："有地方吗？大爷。"那些人总说："满了，你自己看，全满了！你是第几队的？"我自己就不知道自己应分在第几队，也不知道去问谁。有些没有兵士的船看来仿佛较空的，他们要我过去问问，又总因为船头上站的有穿长衣的秘书参谋，他们的神气我实在害怕，不敢冒险过去问问。

天气看看渐渐地夜了下来，有些人已经在船头烧火煮饭，有些人已蹲着吃饭，我却坐在岸边一块大石上发呆发愁，想不出什么解除困难的办法。那时阔阔的江面，已布满了薄雾，有野鸳鸬鹚之类接翅在水面向对河飞去，天边剩余一抹深紫。

见到这些新奇光景，小小心中升起一份无言的哀戚。自己便不自然地微笑着，揉着为长途折磨坏了的两只脚。我明白，生命开始进入一个崭新世界。

一会儿又看见那个差遣，差遣也看到我了。

"啊，你这个人，怎么不上船呀？"

"船上全满了，没有地方可上去。"

"船上全满了，你说！你那么拳头大的小孩子，放大方点，什么地方不可以插进去。来，来，我的小老弟，这里有的是空地方！"

我见了熟人高兴极了。听他一说，我就跟了他到那只船上去，原来这还是一只空船！不过这船舱里舱板也没有，上面铺的只是一些稀稀的竹格子，船摇动时就听到舱底积水汤汤的流动，到夜里怎么睡觉？正想同那差遣说我们再去找找看，是不是别的地方当真还可照他说的插进去，一群留在后边一点本军担荷篷帐的伕子赶来了。我们担心一走开，回头再找寻这样一个船舱也不容易，因此就同这些伕子挤得紧紧的住下来。到吃饭时，有人各船上来喊叫。因为取饭，我却碰到了一个军械处的熟人，我于是换了一个船，到军械船上住下。吃过饭，一会儿便异常舒服地睡熟了。

　　船上所见无一事不使我觉得新奇。二十四只大船有时衔尾下滩，有时疏散散漂浮到那平潭里。两岸时时刻刻在一种变化中，把小小的村落，广大的竹林，黑色的悬崖，一一收入眼底。预备吃饭时，长潭中各把船只任意溜去，那份从容那份愉快处，实在使我感动。摇橹时满江浮荡着歌声。我就看这些听这些，把家中人暂时完全忘掉了。四天以后，我们的船只编成一长排，停泊在辰州城下中南门的河岸专用码头边。

　　又过了两天，我们已驻扎在总爷巷一个旧参将衙门里，一份新的日子便开始了。

　　墙壁各处是膏药，地下各处是瓦片同乱草，草中留下成堆黑色的干粪便，这就是我第一次进衙门的印象。于是轮到了我们来着手扫除了。做这件事的共计二十人，我便是其中一个。人家各在一种异常快乐情形下，手脚并用整整工作了一个日子，居然全部弄清爽了。庶务处又送来了草荐同木板，因此在地面垫上了砖头，把木板平铺上去，摊开了新草荐，一百个人便一同躺到这两列草荐上，十分高兴把第一个夜晚打发走了。

到地后，各人应当有各人的事。做补充兵的，只需要大清早起来操跑步。操完跑步就单人教练，把手肘向后抱着，独自在一块地面上，把两只脚依口令起落，学慢步走。下午无事可做，便躺在草荐上唱《大将南征》的军歌。每个人皆结实单纯，年纪大的约二十二岁，年纪小的只十三岁，睡硬板子的床，吃粗粝陈久的米饭，却在一种沉默中活下来。我从本城技术班学来那份军事知识很有好处，使我为日不多就做了班长。

直到现在我还不明白为什么当时有些兵士不能随便外出，有些人又可自由出入。照我想来，大概是城里人可以外出，乡下人可以外出却不敢外出。

我记得我的出门是不受任何限制的，但每早上操过跑步时，总得听苗人吴姓连长演说："我们军人，原是卫国保民。初到这来客军极多，一切要顾脸面。外出时节制服应当整齐，扣子扣齐，腰带弄紧，裹腿缠好。胡来乱为的，要打屁股。"

说到这里时，于是复大声说："听到了么？"大家便说："听到了。"既然答应全已听到，叫一声"解散"，就散开了。当时因犯事被按在石地上打板子的，就只有营中火伕。兵士却因为从小地方开来，十分怕事，谁也不敢犯罪，不作兴挨打。

我很满意那个街上，一上街触目都十分新奇。我最欢喜的是河街，那里使人惊心动魄的是有无数小铺子，卖船缆，硬木琢成的活车，小鱼篓，小刀，火镰，烟嘴，满地都是有趣味的物件。我每次总去蹲到那里看一个半天，同个绅士守在古董旁边一样恋恋不舍。

城门洞里有一个卖汤圆的，常常有兵士坐在那卖汤圆人的长凳上，把热热的汤圆向嘴上送去。间或有一个本营官佐过身，得照规矩行礼时，便一面赶忙放下那个土花碗，把手举起，站起身来含含糊糊地喊"敬礼"。那军官见到这种情形，有时也总忍不住微笑。这件事碰到最多的还是我，我每天总得在那里吃一回汤圆，或坐下来看各种各样过往行路人！

常　德

　　我本预备到北京的，但去不成。我本想走得越远越好，正以为我必得走到一个使人忘却了我的种种过失我的存在，也使自己忘却了自己种种痴处蠢处的地方，方能够再活下去。可是一到常德后，便有个人把我留下了。

　　到常德后，一时什么事也不能做，只住在每天连伙食共需三毛六分钱的小客栈里打发日子。因此最多的去处还依然同上年在辰州军队里一样，一条河街占去了我大部分生活。辰州河街不过一二里长，几家做船上人买卖的小茶馆，同几家与船上人做交易的杂货铺，常德的河街可不同多了。这是一条长约三里的河街，有客栈，有花纱行，有油行，有卖船上铁锚铁链的大铺子，有税局，有各种会馆与行庄。这河街既那么长又那么复杂，长年且因为被城中人担水把地面弄得透湿的。我每天来回走个一回两回，又在任何一处随意蹲下欣赏那些眼前发生的新事，以及照例存在的一切，日子很快的也就又夜下来了。

　　那河街既那么长，我最中意的是名为麻阳街的一段。那里一面是城墙，一面是临河而起的一排陋隘逼窄的小屋。有烟馆同面馆，有卖绳缆的铺子，有杂货字号。有屠户，有门前挂满了熏干狗肉的狗肉铺，有铸铁锚与琢硬木活车以及贩卖小船上应用器具的小铺子。又有小小理发馆，走路的人从街上过身时，总常常可见到一些大而圆的脑袋，带了三分呆气在那里让剃头师傅用刀刮头，或偏了头搁在一条大腿上，在那里向阳取耳。这一条街上污浊不过，一年总是湿漉漉的不好走路，且一年四季总不免有种古怪气味。河中还泊满了住家的小船，以及从辰河上游洪江一带装运桐油牛皮的大船。上游某一帮船只拢岸时，这河街上各处都是水手。只看到这些水手手里提了干鱼，或扛了大南瓜到处走动，各人皆忙匆匆地把从上游本乡带来的礼物送给亲戚朋友。这街上又有些从河街小屋子里与河船上长大的小孩子，大白天三三五五捧了红冠大公鸡，身前身后跟了一只肥狗，街头街尾各处找寻别的公鸡打架。一见了什么人家的公鸡时，就把怀里的鸡远远抛去，各占据着那堆积在城墙脚下的木料堆上观战。自己公鸡战败时，就走拢去踢别的公鸡一脚出气。或者因点别的什么事，两人互骂了一句娘，看看谁也不能输那一口气，就在街中很勇敢地揪打起来，缠成一团揉到烂泥里去。

那街上卖糕的必敲竹梆，卖糖的必打小铜锣，这些人在引起别人注意方法上，皆知道在过街时口中唱出一种放荡的调子，同女人身体某一些部分相关，逗人发笑。街上又常常有妇女坐在门前矮凳上大哭乱骂，或者用一把菜刀，在一块木板上一面砍一面骂那把鸡偷去宰吃了的人。那街上且常常可以看到穿了青羽缎马褂、新浆洗过蓝布长衫的船老板，带了很多礼物来送熟人。街头中又常常有唱木头人戏的，当街靠城架了场面，在一种奇妙处置下"当当当当蓬蓬当"地响起锣鼓来，许多闲汉小孩便张大了嘴看那个傀儡戏，到收钱时却一哄而散。

那街上许多茶馆，一面临街，一面临河，旁边甬道下去就是河码头。从各小船上岸的人多从这甬道上下，因此来去的人也极多。船上到夜来各处全是灯，河中心有许多小船各处摇去，弄船人拖出长长的声音卖烧酒同猪蹄子粉条。我想象那个粉条一定不坏，很愿意有一个机会到那小船上去吃点什么喝点什么，但当然办不到。

我到这街上来来去去，看这些人如何生活，如何快乐又如何忧愁，我也就仿佛同样得到了一点生活意义。

我又间或跑向轮船码头去看那些从长沙从汉口来的小轮船，在趸船一角怯怯地站住，看那些学生模样的青年和体面女人上下船，看那些人的样子，也看那些人的行李。间或发现了一个人的皮箱上贴了许多上海北京各地旅馆的标志，我总悄悄地走过去好好地研究它一番，估计这人究竟从哪儿来。

内河小轮船刚一抵岸，在我这乡巴佬的眼下实在是一种奇观。

我间或又爬上城去，在那石头城上兜一个圈子，一面散步，一面且居高临下地欣赏那些傍了城墙脚边住家的院子里一切情形。在近北门一方面，地邻小河，每天照例有不少染坊工人，担了青布白布出城过空场上去晒晾，又有军队中人放马，又可看到埋人，又可看鸭子同白鹅。一个人既然无事可做，因此到城头看过了城外的一切，还觉得有点不足时，就出城到那些大场坪里去找染坊工人与马伕谈话，情形也就十分平常。我虽然已经好像一个读书人了，可是事实上一切精神却更近于一个兵士，到他们身边时，我们谈到的问题，实在就比我到一个学生身边时可谈的更多。就现在说来，我同任何一个下等人就似乎有很多方面的话可谈，他们那点感想，那点希望，也大多数同我一样，皆从现实生活取证来的。可是若同一个大学教授谈话，他除了说说从书本上学来的那一套心得以外，就是说从报纸上得来的他那一份感想，对于一个人生命的构成，总似乎短少一点什么似的，可说的也就很少很少了。

我有时还跟随一队埋人的行列，走到葬地去，看他们下葬的手续与我那地方的习俗如何不同。

船　上

　　住在那小旅馆实在不是个办法，每天虽只三毛六分钱，四个月来欠下的钱很像个大数目了。欠账太多了，非常怕见内老板，每天又必得同她在一桌吃饭。她说的话我可以装作不懂，可是仍然留在心上，挪移不开。桃源方面差事既没有结果，那么，不想个办法，我难道就做旅馆的伙计吗？恰好那时有一只押运军服的帆船，正预备上行，押运人就是我哥哥一个老朋友，我也同他在一堆吃过喝过。一个做小学教员的亲戚，答应替我向店中办个交涉，欠账暂时不说，将来发财再看。在桃源的那个表弟，恰好也正想回返本队，因此三人就一同坐了这小船上驶。我的行李既只是一个用面粉口袋改作的小小包袱，所以上船时实在洒脱方便。

　　船上装满了崭新棉布军服，把军服摊开，就躺到那上面去，听押船上行的曾姓朋友，说过去生活中种种故事，我们一直在船上过了四十天。

　　这曾姓朋友读书不多，办事却十分在行，军人风味的勇敢，爽直，正如一般镇筸人的通性，因此说到任何故事时，也一例能使人神往意移。从他口中说出的每个女子，皆仿佛各有一份不同的个性，他却只用几句最得体最风趣的言语描出。我到后来写过许多小说，描写到某种不为人所齿及的年轻女子的轮廓，不至于失去她当然的点线，说得对，说得准确，就多数得力于这个朋友的叙述。一切粗俗的话语，在一个直爽的人口中说来，却常常是妩媚的。这朋友最爱说的就是粗野话，在我作品中，关于丰富的俗语与双关比譬言语的应用，从他口中学来的也不少。

我临动身时有一块七毛钱，那豪放不羁的表弟却有二十块钱。但七百里航程还只走过八分之一时，我们所有的钱却已完全花光了。把钱花光后我们依然有说有笑，各人躺在温暖软和的棉军服上面，说粗野的故事，喝寒冷的北风，让船儿慢慢拉去，到应吃饭时，便用极厉害的辣椒在火中烧焦蘸盐下饭。

船只因为得随同一批有兵队护送的货船同时上行，一百来只大小不等的货船，每天皆同时拔锚，同时抛锚，景象十分动人。但辰河滩水既太多，行程也就慢得极可以。任何一只船出事都得加以援助，一出事就得停顿半天。天气又冷，河水业已下落，每到上滩，河槽容船处都十分窄，船夫在这样天气下，还时时刻刻得下水拉纤，故每天即或毫无阻碍，也只能走三十里。送船兵士到了晚上有一部分人得上岸去放哨，大白天则全部上岸跟着船行，所以也十分劳苦。这些兵士经过上司的命令，送一次船一个钱也不能要，就只领下每天二毛二分钱的开差费，但人人却十分高兴，一遇船上出事时，就去帮助船夫，做他们应做的事情。

我们为了减轻小船的重量，也常常上岸走去，不管如何风雪，如何冷，在河滩上跟着船夫的脚迹走去。遇他们下水，我们便从河岸高山上绕道走去。

常德到辰州四百四十里，我们一行便走了十八天，抵岸那天恰恰是正月一日。船傍城下时已黄昏，三人空手上岸，走到市街去看了一阵春联。从一个屠户铺子经过，我正为他们说及四年前见到这退伍兵士屠户同人殴打，如《水浒》上的镇关西，谁也不是他的对手。恰恰这时节，我们前面一点就抛下了一个大爆竹，訇的一声，吓了我们一跳。那时各处虽有爆竹的响声，但曾姓朋友却以为这个来得古怪。看看前面不远又有人走过来，就拖我们稍稍走过了屠户门前几步，停顿了一下。那两个商人走过身时，只见那屠户家楼口小门里，很迅速的又抛了一个爆竹下来，又是訇的一声，那两个商人望望，仿佛知道这件事，赶快走开了。那曾姓朋友说："这狗杂种故意吓人，让我们去拜年吧。"还来不及阻止，他就到那边拍门去了。一面拍门一面和气异常地说："老板，老板，拜年，拜年！"一会儿有个人来开门，把门开时，曾姓朋友一望，就知道这人是镇关西，便同他把手拱拱，冷不防在那高个子眼鼻之间就是结结实实一拳。那家伙大约多喝了杯酒，一拳打去就倒到烛光辉煌的门里去了。只听到哼哼乱骂，但一时却爬不起来。听到有人在楼上问什么什么，那曾姓朋友便说："把爆竹往我头上丢来，你认错了人！老子打了你，有什么话说，到中南门河边送军服船上来找我，我名曾祖宗。"

一面说，一面便取出一个名片向门里抛去，拉着我们两人的膀子，哈哈大笑迈步走了。

我们以为那个镇关西会赶来的，因此各人随手还拾了些石头，预备来一场恶斗，谁知身后并无人赶来。上船后，还以为当时虽不赶来，过不久定有人在泥滩上喊曾芹轩，叫他上岸比武。这朋友腹部临时还缚了一个软牛皮大抱肚，选了一块很合手的湿柴，表弟同我却各人拿了好些石块，预备这屠户来说理。也许一拳打去那家伙已把鼻子打塌了，也许听到寻事的声音是镇箪人，知道不大好惹，且自己先输了理，因此不敢来第二次讨亏吃了，我们竟白等了一个上半夜。这个年也就在这类可笑情形中过了。第二天一早，船又离开辰州河岸，开进辰河支流的北河了。

从辰州上行，我们依然沿途耽搁，走了十四天，在离目的地七十里的一个滩上，轮到我们的船遇险了。船触大石后断了缆，右半舷业已全碎，五分钟后就满了水，恰好船只装的是军服，一时不会沉没，我们便随了这破船，急水中漂浮了约三里。那时船上除了我们三人，就只一个拦头工人一个舵手。水既湍急，任何方法不能使船安全泊岸。然而天保佑，到后居然傍近浅处了。慢慢的十几个拉纤的船夫赶来了，兵士赶来了，大家什么话也不说，只互相对望干笑。于是我们便爬到岸边高崖上去，让船中人把搁在浅处的碎船篷板拆下，在河滩上做起一个临时棚子，预备过夜。其余船只因为两天后可以到地，就不再等我们，全部开走了。本地虽无土匪，却担心荒山中有野兽，船夫们烧了两大堆火，我们便在那个河滩上听了一夜滩声，过了一个元宵。

学历史的地方

　　从川东回湘西后，我的缮写能力得到了一方面的认识，我在那个治军有方的统领官身边做书记了。薪饷仍然每月九元，却住在一个山上高处单独新房子里。那地方是本军的会议室，有什么会议需要纪录时，机要秘书不在场，间或便应归我担任。这份生活实在是我一个转机，使我对于整个历史各时代各方面的光辉，得了一个从容机会去认识，去接近。原来这房中放了四五个大楠木橱柜，大橱里约有百来轴自宋及明清的旧画，与几十件铜器及古瓷，还有十来箱书籍，一大批碑帖，不多久且来了一部《四部丛刊》。这统领官既是个以王守仁曾国藩自许的军人，每个日子治学的时间，似乎便同治事时间相等，每遇取书或抄录书中某一段时，必令我去替他做好。那些书籍既各得安置在一个固定地方，书籍外边又必须做一识别，故二十四个书箱的表面，书籍的秩序，全由我去安排。旧画与古董登记时，我又得知道这一幅画的人名时代同他当时的地位，或器物名称同它的用处。由于应用，我同时就学会了许多知识。又由于习染，我成天翻来翻去，把那些旧书大部分也慢慢地看懂了。

　　我的事情那时已经比我在参谋处服务时忙了些，任何时节都有事做。我虽可随时离开那会议室，自由自在到另一个地方去玩，但正当玩得十分畅快时，也会为一个差弁找回去的。军队中既常有急电或别的公文，在半夜时送来，回文如需即刻抄写时，我就随时得起床做事。但正因为把我仿佛关闭到这一个房子里，不便自由离开，把我一部分玩的时间皆加入到生活中来，日子一长，我便显得过于清闲了。因此无事可做时，把那些旧画一轴一轴地取出，挂到壁间独自来鉴赏，或翻开《西清古鉴》《薛氏彝器钟鼎款识》这一类书，努力去从文字与形体上认识房中铜器的名称和价值，再去乱翻那些书籍。一部书若不知道作者是什么时代的人时，便去翻《四库提要》。这就是说，我从这方面对于这个民族在一段长长的年份中，用一片颜色，一把线，一块青铜或一堆泥土，以及一组文字，加上自己生命做成的种种艺术，皆得了一个初步普遍的认识。由于这点初步知识，使一个以鉴赏人类生活与自然现象为生的乡下人，进而对于人类智慧光辉的领会，发生了极宽泛而深切的兴味。若说这是个人的幸运，这点幸运是不得不感谢那个统领官的。

那军官的文稿，草字极不容易认识，我就从他那手稿上，望文会义地认识了不少新字。但使我很感动的，影响到一生工作的，却是他那种稀有的精神和人格。天未亮时起身，半夜里还不睡觉。任什么事他明白，任什么他懂。他自奉常常同个下级军官一样。在某一方面来说，他还天真烂漫，什么是好的他就去学习，去理解。处置一切他总敏捷稳重。由于他那份稀奇精力，篁军在湘西二十年来博取了最好的名誉，内部团结得如一片坚硬的铁，一束不可分离的丝。

到了这时我性格也似乎稍变了些，我表面生活的变更，还不如内部精神生活变动的剧烈。但在行为方面，我已经同一些老同事稍稍疏远了。有时我到屋后高山去玩玩，有时又走近那可爱的河水玩玩，总拿了一本线装书。我所读的一些旧书，差不多就完全是这段时间中奠基的。我常常躺在一片草场上看书，看厌倦时，便把视线从书本移开，看白云在空中移动，看河水中缓缓流去的菜叶。既多读了些书，把感情弄柔和了许多，接近自然时感觉也稍稍不同了。加之人又长大了一点，也间或有些不安于现实的打算，为一些过去了的或未来的东西所苦恼，因此生活虽在一种极有希望的情况中过着日子，我却觉得异常寂寞。

那时节我爸爸已从北方归来，正在那个前驻龙潭的张指挥部做军医正。他们军队虽有些还在川东，指挥部已移防下驻辰州。我的母亲和最小的九妹皆在辰州。家中人对我前事已毫无芥蒂。我的弟弟正同我在一个部中做书记，我们感情又非常好。

我需要几个朋友，那些老朋友却不能同我谈话。我要的是个听我陈述一份酝酿在心中十分混乱的感情。我要的是对于这种感情的启发与疏解，熟人中可没有这种人。可是不久却有个人来了，是我一个姨父。这人姓聂，与熊希龄同科的进士。上一次从桃源同我搭船上行的表弟便是他的儿子。这人是那统领官的先生，一来时被接待住在对河一个庙里，地名狮子洞。为人知识极博，而且非常有趣味，我便常常过河去听他谈"宋元哲学"，谈"大乘"，谈"因明"，谈"进化论"，谈一切我所不知道却愿意知道的种种问题。这种谈话显然也使他十分快乐，因此每次所谈时间总很长很久。但这么一来，我的幻想更宽，寂寞也就更大了。

一个转机

调进报馆后，我同一个印刷工头住在一间房子里。房中只有一个窗口，门小小的。隔壁是两架手摇平板印刷机，终日叽叽咯咯大声响着。

这印刷工人倒是个有趣味的人物。脸庞眼睛全是圆的，身个儿长长的，具有一点青年挺拔的气度。虽只是个工人，却因为在长沙地方得风气之先，由于"五四"运动的影响，成了个进步工人。他买了好些新书新杂志，削了几块白木板子，用钉子钉到墙上去，就把这些古怪东西放在上面。我从司令部搬来的字帖同诗集，却把它们放到方桌上。我们同在一个房里睡觉，同在一盏灯下做事，他看他新书时我就看我的旧书。他把印刷纸稿拿去同几个别的工人排好印出样张时，我就好好地来校对。到后自然而然我们就熟习了。我们一熟习，我那好向人发问的乡巴佬脾气，有机会时，必不放过那点机会。我问那本封面上有一个打赤膊人像的书是什么，他告了我是《改造》以后，我又问他那《超人》是什么东西。我还记得他那时的样子，脸庞同眼睛皆圆圆的，简直同一匹猫儿一样："唉，伢俐，怎么个末朽？一个天下闻名的女诗人……也不知道么？""我只知道唐朝女诗人鱼玄机是个道士。""新的呢？""我知道随园女弟子。""再新一点？"我把头摇摇，不说话了。我看他那神气，我觉得有点害羞，我实在什么也不知道。一会儿我可就知道了，因为我顺从他的指点，看了这本书中一篇小说。看完后我说："这个我知道了。你那报纸是什么报纸？是老《申报》吗？"于是他一句话不说，又把刚清理好的一卷《创造周报》推到我面前来，意思好像只要我一看就会明白似的，若不看，他纵说也说不明白。看了一会，我记着了几个人的名字。又知道白话文与文言文不同的地方，其一落脚用"也"字同"焉"字，其一落脚却用"呀"字同"氨"字；其一写一件事情越说得少越好，其一写一件事情越说得多越好。我自己明白了这点区别以后，又去问那印刷工人，他告我的大体也差不多。当时他似乎对于我有点觉得好笑。在他眼中，我真如长沙话所谓有点"朽"。

不过他似乎也很寂寞，需要有人谈天，并且向这个人表现表现思想。就告我白话文最要紧处是"有思想"，若无思想，不成文章。当时我不明白什么是思想，觉得十分忸怩。若猜得着十年后我写了些文章，被一些连看我文章上所说的话语意思也不懂的批评家，胡乱来批评我文章"没有思想"时，我即不懂"思想"是什么意思，当时似乎也就不必怎样惭愧了。

这印刷工人我很感谢他，因为若没有他的一些新书，我虽时时刻刻为人生现象自然现象所神往倾心，却不知道为新的人生智慧光辉而倾心。我从他那儿知道了些新的，正在另一片土地同一日头所照及的地方的人，如何去用他们的脑子，对于目前社会做反复检讨与批判，又如何幻想一个未来社会的标准与轮廓。他们那么热心在人类行为上找寻错误处，发现合理处，我初初注意到时，真发生不少反感！可是，为时不久，我便被这些大小书本征服了。我对于新

182

书投了降，不再看《花间集》，不再写《曹娥碑》，却欢喜看《新潮》《改造》了。

我记下了许多新人物的名字，好像这些人同我都非常熟习。我崇拜他们，觉得比任何人还值得崇拜。我总觉得稀奇，他们为什么知道事情那么多，一动起手来就写了那么多，并且写得那么好。

为了读过些新书，知识同权力相比，我愿意得到智慧，放下权力。我明白人活到社会里，应当有许多事情可做，应当为现在的别人去设想，为未来的人类去设想，应当如何去思索生活，且应当如何去为大多数人牺牲，为自己一点点理想受苦，不能随便马虎过日子，不能委屈过日子。

我常常看到报纸上普通新闻栏说的卖报童子读书、补锅匠捐款兴学等记载，便想，自己读书既毫无机会，捐款兴学倒必须做到。有一次得了十天的薪饷就全部买了邮票，封进一个信封里，另外又写了一张信笺，说明自己捐款兴学的意思。末尾署名"隐名兵士"，悄悄把信寄到上海《民国日报·觉悟》编辑处去，请求转交"工读团"。做过这件事情后，心中有说不出的秘密愉快。

那时皮工厂，帽工厂，被服厂，修械厂组织就绪已多日，各部分皆有了大规模的标准出品。师范讲习所第一班已将近毕业，中学校，女学校，模范学校，全已在极有条理情形中上课。我一面在校对职务上做我的事情，一面向那印刷工人问些下面的情形，一面就常常到各处去欣赏那些我从不见到过的东西。修械处的长大车床与各种大小轮轴，被一条在空中的皮带拖着飞跃活动，从我眼中看来实在是一种壮观。其他各个工厂亦无不触目惊人。还有学校，那些从各处派来的青年学生，在一般年轻教师指导下，在无事无物不新的情形中，那份活动实在使我十分羡慕。我无事情可做时，总常常去看他们上课，看他们打球。学生中有些原来和我在小学时节一堆玩过闹过的，把我请到他们宿舍去，看看他们那样过日子，我便有点难受。我能聊以自解的只一件事，就是我正在为国家服务，却已把服务所得，做了一次捐资兴学的伟大事业。

本军既多了一些税收，乡长会议复决定了发行钞票的议案，金融集中到本市，因此本地顿呈现空前的繁荣。为了乡自治的决议案，各县皆摊款筹办各种学校，同时造就师资，又决定了派送学生出省或本省学习的办法。凡学棉业、蚕桑、机械、师范，以及其他适于建设的学生，在相当考试下，皆可由公家补助外出就学。若愿入本省军官学校，人既在本部任职，只要有意思前去，既可临时改委一少尉衔送去。我想想，我也得学一样切实的技能，好来为本军服务。可是我应当学什么能够学什么，完全不知道。

因为部中的文件缮写，需要我处似乎比报纸较多，我不久又被调了回去，仍然做我的书记。过了不久，一场热病袭到了身上，在高热糊涂中任何食物不入口，头痛得像斧劈，鼻血一碗一摊地流。我支持了四十天。感谢一切过去的生活，造就我这个结实的体魄，没有被这场大病把生命取去。但危险期刚过不久，平时结实得同一只猛虎一样的老同学陆弢，为了同一个朋友争口气，泅过宽约一里的河中，却在小小疏忽中被洄流卷下淹死了。第四天后把他尸体从水面拖起，我去收拾他的尸骸掩埋，看见那个臃肿样子时，我发生了对自己的疑问。我病死或淹死或到外边去饿死，有什么不同？若前些日子病死了，连许多没有看过的东西都不能见到，许多不曾到过的地方也无从走去，真无意思。我知道见到的实在太少，应知道

184

应见到的可太多，怎么办？

我想我得进一个学校，去学些我不明白的问题，得向些新地方，去看些听些使我耳目一新的世界。我闷闷沉沉地躺在床上，在水边，在山头，在大厨房同马房，我痴呆想了整四天，谁也不商量，自己很秘密地想了四天。到后得到一个结论了，那么打量着："好坏我总有一天得死去，多见几个新鲜日头，多过几个新鲜的桥，在一些危险中使尽最后一点气力，咽下最后一口气，比较在这儿病死或无意中为流弹打死，似乎应当有意思些。"到后，我便这样决定了："尽管向更远处走去，向一个生疏世界走去，把自己生命押上去，赌一注看看，看看我自己来支配一下自己，比让命运来处置得更合理一点呢还是更糟糕一点？若好，一切有办法，一切今天不能解决的明天可望解决，那我赢了；若不好，向一个陌生地方跑去，我终于有一时节肚子瘪瘪的倒在人家空房下阴沟边，那我输了。"

我准备过北京读书，读书不成便做一个警察，做警察也不成，那就认了输，不再做别的好打算了。

当我把这点意见，这样打算，怯怯地同我上司说及时，感谢他，尽我拿了三个月的薪水以外，还给了我一种鼓励。临走时他说："你到那儿去看看，能进什么学校，一年两年可以毕业，这里给你寄钱来。情形不合，你想回来，这里仍然有你吃饭的地方。"我于是就拿了他写给我的一个手谕，向军需处取了二十七块钱，连同他给我的一份勇气，离开了我那个学校，从湖南到汉口，从汉口到郑州，从郑州转徐州，从徐州又转天津，十九天后，提了一卷行李，出了北京前门的车站，呆头呆脑在车站前面广坪中站了一会。

走来一个拉排车的，高个子，一看情形知道我是乡巴佬，就告给我可以坐他的排车到我所要到的地方去。我相信了他的建议，把自己那点简单行李，同一个瘦小的身体，搁到那排车上去，很可笑地让这运货排车把我拖进了北京西河沿一家小客店，在旅客簿上写下——

沈从文年二十岁学生湖南凤凰县人

便开始进到一个使我永远无从毕业的学校，来学那课永远学不尽的人生了。

图书在版编目（ＣＩＰ）数据

腊八粥 / 沈从文著. -- 武汉 ：长江文艺出版社，
2020.1（2021.1 重印）
（统编小学语文教科书同步阅读书系）
ISBN 978-7-5702-1345-0

Ⅰ. ①腊… Ⅱ. ①沈… Ⅲ. ①散文集－中国－现代②
小说集－中国－现代 Ⅳ. ①I216.2

中国版本图书馆 CIP 数据核字(2019)第 252069 号

责任编辑：孙　琳　　梁碧莹　　　　　责任校对：毛　娟
封面设计：天行云翼 · 宋晓亮　　　　　责任印制：邱　莉　杨　帆

出版：长江出版传媒　　长江文艺出版社
地址：武汉市雄楚大街 268 号　　　　邮编：430070
发行：长江文艺出版社
http://www.cjlap.com
印刷：武汉中科兴业印务有限公司

开本：640 毫米×970 毫米　　　1/16　　印张：12.25　　插页：1 页
版次：2020 年 1 月第 1 版　　　　　2021 年 1 月第 2 次印刷
字数：119 千字

定价：22.00 元